人生不过一场绚烂花事

张海霞 著

中国华侨出版社
北京

图书在版编目（CIP）数据

人生不过一场绚烂花事 / 张海霞著 . —北京：中国华侨出版社，
2019.2
ISBN 978-7-5113-7811-8

Ⅰ . ①人… Ⅱ . ①张… Ⅲ . ①散文集—中国—当代
Ⅳ . ① I267

中国版本图书馆 CIP 数据核字（2019）第 009385 号

人生不过一场绚烂花事

著　　者 / 张海霞
责任编辑 / 王　委
责任校对 / 孙　丽
经　　销 / 新华书店
开　　本 / 670 毫米 ×960 毫米　1/16　印张 /17　字数 /232 千字
印　　刷 / 三河市华润印刷有限公司
版　　次 / 2022 年 2 月第 1 版第 2 次印刷
书　　号 / ISBN 978-7-5113-7811-8
定　　价 / 46.00 元

中国华侨出版社　北京市朝阳区静安里 26 号通成达大厦 3 层　邮编：100028
法律顾问：陈鹰律师事务所
编辑部：（010）64443056　　64443979
发行部：（010）64443051　　传真：（010）64439708
网　址：www.oveaschin.com
E-mail：oveaschin@sina.com

佛曰：一花一世界，一木一浮生，一草一天堂，一叶一如来，一砂一极乐，一方一净土，一笑一尘缘，一念一清静。栖身于红尘，想要达到这样的心境，实属很难。但是，朝迎晨曦，晚送夕阳，却是每一天要做的事儿。

如果在每天流逝的时光中，能静下心，去看一朵花开，听一株草语，生活定会别样精彩。人们常说，只要用心发现，就会知道美丽无处不在。每个人的一生，都有很多记忆锁在心底，成为郁结，释放便是最好的结果。

怎么释放，于每个人而言，也是不同的，我一向喜欢把自己的苦乐灌注纸卷，或者笔尖。

以前，还没有执笔写字的时候，喜欢读书，无论开心或是烦恼，都喜欢抱着一本书，在村子前青青的草地上，河堤上，抑或山坡上……沐浴在夕阳的余晖中，沉醉于书卷，所有的喧嚣似乎都远离红尘之外，浮躁的心便得以沉淀和安慰。

记得那时候，小伙伴们在山坡上放牛、放羊，或追逐打闹。而自己却捧着书，斜躺在草地上，嘴里咬着一根狗尾巴草，与书中的人物对话交流。读的书多了，思想便有了高度，思维也有了不同的见解，从而给自己以后的写作打下了基础。

因喜欢读书，给青春留下了许多闪光的熠点。虽然青涩，却有美丽熏陶，润泽心灵，使其款款有礼，算不得矜持，倒也贤淑，给身边的人留下美好的印象。

后来，爱上写字，心灵再次有了宣泄的地点，柴米油盐，一笔一画写成，然后一句一行逐渐成篇，有了叫文章的东西。十多年以来，与纸笔相伴，与文字相拥，搀扶着走过许多寂静的夜晚，熬过了很多寂寥的日子，岁月，在一篇一篇的文章中慢慢升华。

读书和写字，使人生更加丰腴和饱满。有了自身特有的气质，这些虽然是生活中的细枝末节，却令人盈盈一笑，满怀舒心。用第三只眼睛看世界，发现生活中，处处皆美好。春天桃红柳绿，百花盛开；夏日草木葳蕤，荷塘飘香；秋天果实累累，丰硕无比；冬日白雪皑皑，寒梅怒放……

人生，从童年，到青年，到中年，再到老年，就和四季一样，转换着色彩。每个人都会经历不同的季节，阅览不同的草木，感受不同的风雨雷电。如果，把这些季节性的东西，融汇到思想中，其实，人生就是一场绚烂的花事。从生长，到打苞，到开放，到凋谢，经历一个过程，最后化作春泥更护花……

　　行走人生，理当坦然一笑，红袖添香。

　　如若空闲，需与书为伴。或书画，或写字，或侍弄花草，天地辽远，也会不远。

　　我唯愿读书写字，用纸笔将所有的沧桑，捻成几缕无须羁绊的思绪，藤缠年轮；在四散飘飞的辞海中，烙下自经年延续而来的印记，在混沌的思维中装点古籍，拂去临摹的哲学，让文字变得更加饱满，让思想更加成熟，让美丽变得与众不同……

目录
Contents

第一辑
踏雪寻梅

003　花事，十二月

009　踏雪寻梅

015　凌波九步吟水仙

018　暗香

021　嵌入掌心的粉黛

023　那一朵花开的时间

026　秋分裹在桂花里

029　抬头见暖

032　飞落的叶子迎来的春

035　大山、古寨、映山红

第二辑
心生欢喜

041　花开月正圆

044　君子兰

046　从春天出发

050　映日荷花别样红

053　心生欢喜

056　故乡的豌豆花

059　执意远嫁

062　头疼花，疼了谁

065　庭院开满凌霄花

068　关于枣事

072　拥抱秋色

074　散落一地温柔

077　山的路，我走过

第三辑
村庄有绿

083　开在心尖的花

088　蜀葵话经年

091　村庄有绿

094　人不如故

097　闺密

101　花的世界，如此温暖

104　那年花开

109　走吧，一起去看油菜花

114　山一程人一程

119　花事

122　含笑的花

125　六十九年

133　穿过指尖的白发

第四辑
远方不远

139　情深一株勿忘我

144　远方不远

147　你曾踏月来

150　雪花开，入梦来

153　遇见对的人

157　你一定要过得好

160　虞美人

163　月冷寒霜，忽然想起你

166　追忆与你有关的过往

171　流年

174　季节的东西

第五辑
茶香满园

179　郁金香的春天

182　每一朵花，都长满故事

188　画中画，美中美

192　心灵鸡汤

195　仙人掌，也要开花

198　心上一株橄榄树

201　茶香满园

204　红花红，白花白

207　想做狗尾巴花的女孩

211　青春无痕

第六辑
平凡一世在尘埃

217　小楼亦开花

222　岁月静好

226　请你好好爱，梦里花会开

229　冬天里的暖

233　天井院

236　老屋

240　麦子熟了

244　水的高度

248　窗口开一朵幸福的花

251　绽放如花的女子

254　禅悟（外一篇）

260　沿着黄昏的街道回家

第一辑 ／ 踏雪寻梅

「 花事，十二月 」

一

一滴、二滴、三滴……

露珠劈开缝隙，六瓣花晃动，好像母亲的孩子，抱成团挤在一起。温暖的阳光，敲醒沉睡的大地，呼啦啦，呼啦啦，接受春天讯息。

日子，眨眨眼，抹去成长的痕迹，吃冰条、玩泥巴的日子一去不返。母亲的孩子，绑上会飞的翅膀，于黎明中出发。

午夜，母亲亲热地呼喊，一个一个孩子的名字。白天，守着空空的巢穴。

生命的本意，在规格中跳跃。迎春花，苦也开花，她用一朵不屈的金黄，证明迎春花高贵的气质。于岁月中沉淀，母亲醉了，迎春花笑了。

二

把一首古老的诗歌藏在内心。点燃生命的四季。

墙头上的目光，随日月偏移。年老的客船，一路向西。回不去的故乡还在远方，那里成了极有价值的废墟。父亲的犁耙搁在墙角，照射瘦长的背影。

从前成了从前。

锅台上的面糊不再是越搁越稀。喷香的大米，饱满指尖。父亲舒展的额头，挂上一幅水彩。我来自民间，泼墨民间。楼房好脾气地，托起二月的风。滴答，滴答，看窗前旧时光。

轰轰烈烈的灵魂，一路芬芳，穿行在或明或暗的光阴里，不肯回头。

三

还没梳理好装扮的时候，草儿便破土而出。风，殷勤满怀，且充满歉意地，列队欢迎。

原野不耐烦地脱掉，灰暗的冬装，以极度高雅的姿态，后退一步。桃花撑开发酵的、腐朽的阴霾。梨花一跃而起，把暖阳洗得干干净净。我把思想和传统，在此处营造一个空间，读丝丝缕缕的缱绻，一任世间潮来潮往，疼的，不疼的。

方寸的舞台，筹借一方文字，完成一篇方格的故事。

一厘米的宽度，一厘米的长度。读你，读红尘，读繁华一梦的褪色和起伏。

四

且说是为了开放吧，无所顾忌地抛开矜持。

一切的努力，都是为了让你看到，我眼中的春天。篱笆边上的土壤，吸收了我的味道，花儿酝酿了我的芬芳。

翘起的蕊心震慑光焰的火花，窗台映照出旧时的风景，紫色的、白色的、蓝色的、黄色的，我分明读到了，久远的故事。

五彩的梦，承载成长，那是一种义务，一种奉献，一种没有索取的诉说。

所有的事实，在体内奔跑。混合成一排盎然的语法。整理半生的坎坷，在芳香中落地成画，标示后脑的方向。然后，走向未来的历程。

五

那个五月，许是很热。

我一直盼望，在芬芳的花季里，有一条通向远方的小路。

你说，你有一团炙热的火。我就一直想你发热的样子。像红红的石榴，堆叠在我面前。像一尾游动的鱼，聆听我懵懂的心语。像奔驰的狂风，带着摧枯拉朽的势态。

但你始终，没有走来。

我收到一封信，整整五页。

这其中暗含的意思，是静默的、动态的，我尽量不涂脂抹粉，让它保持原有的色彩。

六

如果白色能包容所有的色彩，我愿意像栀子花一样，开在热辣辣的六月里。让一个漫长的季节无限地缩短。

一个落魄的女子，伫立凝望，拖拖沓沓二十年。

日子的光阴，说短不短，说长不长。

比季节长的是花香，比花香长的是思念，比思念长的是一个女子的心。

那时候不知道，飘散的岁月，会留下漫长的寂寞，还有一段又一段波折的路。挨过一个冬天，还有另外一个冬天。

七

我固执地认为，前方，就在不远的前方。矜持的表情在指甲上恣意表白。我开始有意无意地接近虚伪。企图，用虚伪掩埋，不安和躁动。

野草，以疯狂的速度，长满贫瘠的思想。这风景，填充了这个季度的空白。以及等下去的概念。

雨水开始偏多，分不清稀薄和黏稠。烟雨红尘，让我有了更深的理解。

假如，我说的是假如，一定要以枯萎换取美丽，那么，请让我死，死一千次，死一万次，再不让重叠的故事，奇怪地复活。

抑或，要选择结局，那就迫使生命的河床，跌宕起伏，千转百回地唱吧。

八

这个秋天，下了一场雨。

冰清的眼神在雨季里纷扰。满满的故事把花事赶到树梢。干净的眼眸，顶着芳香，挟一世深情，纹丝不动地读你，以此，羁押内心的波澜。

光影抬起肃静，徜徉辉波。你将身子放进一杯清水，浇湿花季。

我圈拢一身寂寥，尾迹而至。

八月了，故事的主角依旧，演绎的情节没多大区别。我把金黄的秋天放在唇上，抚摸颤抖的誓言，笑脸日渐淡化，哦，八月的三十一天。

九

翻阅崇山峻岭之后，你把根扎进深深的土地，开始流浪。生命的旅程充满艰辛、算计和践踏。

少许风华，与菊同瘦。

玻璃容易破碎，因而多了几滴清泪。风满园时苦了一颗心。

叶子的飘零，枯萎一个季节。子夜的抑郁，难抵帘卷西风。迈不过生活的车轮，听夜雨纷纷。

如果人生，能再给一次机会，我将和你一样幻化成一朵秋菊，在萧瑟的季节独自觅胜。我想，你的骄傲没有错，经年里，存着表格。

十

研究了很久，关于花事。

早上是白，慢慢变粉，再合拢。比较强势地把一腔深情聚集，按到心里去。让读图，无法走近。

游戏的规矩，安排读你，用些许片段。

流淌的缘分，涓涓不息，辛夷花被寂寞代替，我们的故事，说冬天很冷。盈盈泪话，刻上曾经的爱情，羡慕，来来往往的红尘。

一场热热闹闹的花事，一场轰轰烈烈的情事。于尘埃中落定，咣当，再无声息。

十一

不要以为，我羸弱的身子可以抚平创伤。我能承受的，仅仅是握笔的力量。

我的心载不动你的冷漠，驶向海洋。精神的小船就此搁浅，请收回怜悯的目光。别说花盆很小，别说花枝很低，别说花瓣很绵弱。

请原谅，我的沉默，沉默不等于失去一切，青春的心事，尘封在冷涩的时节。

你梧桐雨下听芭蕉，我深墙之内悟潇潇。

过去的、所有的、美好的，一并在光阴里蒸发，花非花，雾非雾，方寸里，终究容不下。

十二

踩过季节的河，我数了数速度，时针不断，秒针没停。母亲说，这一年，你还小。

黄昏的村口，她伫立，迎风的姿势，极像一尊雕像。泄漏的轮廓，扶我蹚过岁月。冰的枝头，挂上一束粉莹莹的思念。

母亲的皱纹，记录生活，一盏豆灯，于黑夜里凝重，为我抵达遥远的远方。

我匍匐前进，胸腔迸发出肃啸，向着母亲的方向，奋力狂奔。

「 踏雪寻梅 」

一

雪花，带着款款深情，旖旎婉转了千百回，终于，于蹁跹的姿态，从遥远的天国姗姗而来。它像一位婀娜的少女，轻盈飞舞，舒展洁白的纱裙，在我的眼前翩翩旋转。凝望注视，风裹着雪，雪缠着风，一步一浪漫，一步一抒情，巧笑倩兮，传情于世。

梅开枝头，张开柔软的怀抱，恰恰好，接住那一份美好，点在眉梢。于是，雪更白了，梅更红了，红白交替，她们像是遗落在冬季的孪生姐妹花，在彼此的怀抱中，相互取暖，交相辉映，幻化出了一幅大美的画卷。

居住豫西南，是雪的故乡，亦是梅的家园。在这里，四季明显。冬天，因了雪，而完美，因了梅，而迷醉。雪花和梅花，是绑在心上的故乡，是梦里的家园。她们两两相望，历经了万千里路程，终于相逢，一起演绎着冬天最美的传说！

冰冷的世界，一絮一絮的雪花迎风逶迤。红梅点点，擦拭着清凉的眸子，情愫滋生，芳香扩散，那些久远的情节，便会沿着雪的尾翼、梅的暗香，溢出心怀。风的缱绻，雪的纯洁，梅的淑静，婉转悠扬，霏霏安好。

喜欢在这样的时节读雪赏梅，喜欢于纷纷扬扬中感悟素年，擦拭我那一方写满情书的锦帕。捧雪掌心，清雅娟秀，一片雪花，一瓣梅花，交缠环绕，触碰柔软。那雪景，那梅韵，便有了别样的情愫。

飞雪跃然，红梅点点，一个季节，一个轮回。流年翻转时，漫步时光里，踏着厚厚的积雪，寻寻觅觅。拈花的手，执起拙笔，为了一场相逢，唯愿，冰天雪地，赋诗吟歌。

郑獬作诗《雪中梅》"腊雪欺梅飘玉尘，早梅闹巧雪中春。更无俗艳能相杂，惟有清香可辨真。姑射仙人冰作体，秦家公主粉为身。素娥已自称佳丽，更作广寒宫里人。"这般意境，可意会，可领悟，可传神。

飞雪飘零，暗香几许，踏雪寻梅，红墙琉瓦中做客流年。雪和梅，一场跨越时空的约会，醉了几多人。

二

雪，一落，再落，不停地落，大地瞬间变成一片纯白，白的房子，白的树木，白的山冈，白的原野，一切物体皆银装素裹，天地之间化为一座纯白的宫殿，悄然间，住进了童话中的白色城堡。

我止步于此，静看尘世。掬一捧雪，鼓腮轻吹，轻飘飘的雪，精灵一般地优美，絮絮然，宛如曼妙的仙子，轻盈、飘逸、安静，和蝶一般，凌起，凌落，优雅中带着静怡，俗世中透着美好。

每一片雪花，带着生命，降落红尘，亲吻大地。

掌心接住一片雪花，感觉植入掌心的凉意。它轻轻地来，轻轻地去，融成了一滴水，滋润着干涸的心田……

雪花飞过远山，轻薄如纱，盈盈如蝶，款款飒飒，淡淡然然，带着温暖，带着深情。一瓣一瓣的雪花，打着旋儿，轻盈飘舞，冰清玉洁，轻轻滑过经年的容颜，一路唱着思念的歌，挂在了那棵梅树的相思上……

伫立近处，身白了，心也白了，褪去了俗世的俗气，洗涤了纤尘的杂念。那种白，过滤了千万重心结。那种纯，是零落在遗世的初心。我的心融入了纯白中，那纯色的风景，旖旎了心境。暗藏的忧，积郁的愁，一切随之飘散而去，再无其他。

我在大地上听雪落地的声音，雪悄然，悄然，又悄然，沉静如处子。好像亿万年都没有睡醒的梦，我在听梦，读梦，忘记了一切，如痴如醉。亦仙，亦禅，似乎在一片祥云缥缈的仙境里参禅深悟，菩提树下听佛音，心静如雪。轻柔的雪，拉长悠远的故事，把我热烈的情丝环绕，漫洒在字里行间……

在读雪的过程中，我蒙尘的灵魂得到了净化，疲倦的身心得到了安歇。晶莹纯白的雪景，使我感到了一种超然物外的升华，一种远离红尘的外化。大自然赐予的这无限美好的祥瑞，预兆着来年的丰收，也给了我以高洁、灵动和静谧的启迪。

三

凝视偌大的冰天雪地，我带着经年之约，携一身情，舞着衣袖，为了那个藏于心中的梦，寻梅而来。没有太多的奢求，只想环绕在梅的怀抱里，聆听梅的优雅花语，放飞心底最热切的期盼。

这个季节，只有梅，也只有梅能张开怀抱，接纳红尘的情爱。我想倚着梅枝，在梅与雪的浅抒浅吟中，品味一份执着和从容，写下盈盈心语，感受梅开的清幽，感受雪落的韵味，一起翘首，期盼着春天。

"朔风如解意，容易莫摧残。"优雅的梅，含情注视，盈盈一水间，衷肠诉不尽。"遥知不是雪，为有暗香来。"含情俏丽的梅，默默地傲立在冬天的深处。

我想走近一点，再近一点，让清冽的梅香，把骨髓融化到一片冰清玉洁。我无法不喜欢，这娇羞盈盈低头含情的梅。她不经意间，为这萧瑟的冬日缀上了诗意，让我甘之如饴，读这美丽的画卷。

一剪寒梅，傲立雪中。将一抹梅红点于唇，凝结如玉，温暖了冬日的梦境。妙曼的舞姿，婆娑翩翩，红与白的约会，唤醒了冻结的生命。愿得一心人，白首不相离。我在雪与梅的意境中，长出了心灵的絮语……

浅倚着梅枝，披一袭清香，在纯洁的冰雪中，汲梅的芬芳，赏梅的花容，读梅的圣洁，品梅的坚贞。梅在雪中华丽燃放，梅在心中尽情燃烧。这一抹诗情画意，这一幅优雅风韵，恣意飘然，浑然天成，嵌入骨髓。

雪是冬的使者，梅是冬的传说。北风肆虐，雪花飘扬，寒梅怒放。一系列的延续，成就了冰肌玉骨，骨子里的傲然和美好，于凛冽中嫣然一笑，酥红的袖手，戴上洁白的玉镯，赫然间，摇曳一地缤纷，编织魅力无穷。

山的一边，有一片梅。

我踏雪而去，找寻瘦了的季节。你跌落在我的眼帘，疼了那片梅。交叠的时光，划过光阴。关于那些年，那些事，那些风花雪月，一一灌进了心扉，沉浸在梅的殷红里……

梅，雪中的梅。你把一缕袭人的芳香，融进了如风的岁月。墨染的馨香，穿越陌上花开，楚风汉韵，一路逶迤而来，流转成千古传咏之经典，流转成吟不尽的瞬间永恒！

四

"墙角数枝梅，凌寒独自开。遥知不是雪，为有暗香来。"飘雪中再度品诗，意境幽幽，释然了古人心中的情怀，于雪，于梅，都是经典。

夜，渐深渐暗。雪花，如银白的花瓣，裹着清风飘飘然。红泥小炉，把窗内的岁月读白。"已讶衾枕冷，复见窗户明。夜深知雪重，时闻折竹声。"这情景，何其相似。冬日的精灵，正在波澜壮阔的舞台上，图腾，图腾……悠扬如斯，幽美如斯……

雪落了又来，梅开了，亦谢了，不断地，起起落落。

一剪梅花，擎一枝高贵的灵魂与白雪相拥。梅花将红艳的唇凝结成玉，晶莹里闪烁的红晕，温暖着冬日的梦境。

雪的素白，梅的暗香，萦绕在我的心头；雪的晶莹，梅的眸光，穿透了我的脑海，盈盈一地雪，霏霏千树红。雪赠予我纯洁，梅赠予我爱恋。我想问雪，也想问梅，白花、红花，冬日独一无二开放的花儿，暗藏着多少女儿家的心事，浸透着多少女儿家的怀念……

我把距离写进书签，沿着遥远，追着雪的痕迹，在梅开的地方驻足、品读……

因了心底最纯洁的情丝，我在跋涉，一千年，一万年，只为这一世的开放。把悠悠的情思，寄托于飞舞的雪花。那片片飞舞的信笺，用心底柔软的细节捂暖，孕育成闪亮的羽衣，在季节的节点上，叠加于梅梢，成就三生三世的心动，编织了一朵爱情的绯红……

守着经年的典籍，烹雪煮茶，把一份不老的相思点燃。旖旎的雪花，依旧旋转；红艳的梅花，依然绽放。

此时此刻，飘雪梅开，西风漫吟。

风劲吹，吹着冬的音律；梅尽绽，绽放冬的美丽；雪飘舞，舞着冬的飘逸。一腔柔情，两厢相思，雪笺上那一瓣瓣殷红的痴情，与一朵梅的相思，融合成至美至纯的绝唱，给我荒芜的精神一份愉悦，给我枯萎的心灵一份生机。

轻倚着梅枝，披一袭冷香，在清澈的冰雪中，嗅梅的芬芳，赏梅的花容，读梅的圣洁，品梅的坚贞。梅的暗香，萦绕在我心头；梅的眸光，穿透了我心扉，在我面前的一株寒梅，赠予我一颗心的暖融慰藉。

「 凌波九步吟水仙 」

清冷的日子，乍一眼看见它，便生生地停住了脚步。

青花瓷低腰花盆，放凉凉净净的水，它就在里边端坐着。蒜白的根骨，像极了冰肌玉骨的女子。几片葱绿的叶子，顺顺朝上，窈窕、婀娜、苗条、纤细，真真是形容不了那种美感了！

更让人心颤的，是那婷立在顶端的花，细碎开着。黄的蕊，白的瓣，小小几片，羞羞的，带着欲说还休的小女人姿态。我讶然于那种娇羞，想抚摸一下，又怕触碰了那一盆羸弱。就那么静静地看着，用我的柔情的目光，轻轻地抚摸着它……

"芳心尘外洁，道韵雪中香。自是神仙骨，何劳更洗妆。"释智愚是这样描述水仙的。我想，在诗人的心里，定是爱极了这种不染尘埃、清雅素净、超凡脱俗、亭亭玉立的凌波仙子，那种柔弱纤尘的美，不用上妆，便足以让人心生怜爱难以割舍了。

水仙花，又名"凌波仙子"，喜欢极了这个名字。黄庭坚的《王充道送水仙花五十枝》中曰"凌波仙子生尘袜，水上轻盈步微月"，惟妙惟肖地道出了凌波仙子乃洛水仙子所化，"凌波"让我想起《天龙八部》里边的凌波微步，那玄妙的轻功步法，据说是以《易经》八八六十四卦为基础，使用者按特定顺序踏着卦象方位行进，从第一步到最后一步，正好行走一个大圈。"凌波微步"被段誉这个美妙的男子运用，身姿优美，轻飘如仙，凭着这个微步，他多次化险为夷。

水仙花，一般多栽于圆形露底花盆里，形成的也是圆。这异曲同工之妙，是否可以说明，"凌波微步"这套轻功步法，就是根据凌波仙子的生长环境演化而来的呢？

柔美的水仙花，也让我想起了远古"菠萝村浣纱"的女子，那个美得让鱼儿沉入水中的西施。清水里俯仰，春寒里浣纱，增半分嫌腴，减半分则瘦。多像凌波仙子，柔润冰肌，纤尘不染。

《红楼梦》里的林黛玉，似乎也有水仙的娇嫩，美得柔弱，清得脱俗。可惜，黛玉的美，只能放在暖里供养，一不留神，便会在季节里枯萎。是的，她太柔美了，那是含在舌尖的美，只能捂着。她不像"凌波仙子"，既有柔的情思，也有耐寒的韧性。

凌波仙子的美，飘出了喧嚣尘世，经过仙气浸染了，所以其形看似在眼前，其魂却超脱于红尘之外，是只能且吟且赋的曼妙之体，在室一隅，它孤傲地绽放着，那种纯净之美，是只可欣赏不可亵渎的。

美丽的凌波仙子，在冬日里温馨了多少个家庭，它娇俏俏地装扮着千家万户，或窗台，或餐厅，或客厅，以风水的角度，让各个屋子都安然美好。它轻悠悠地满含深情把芳香轻送，如此怒放的生命，柔得妙不可言！

敬佩水仙花，敬佩它不追求肥田沃土，不追逐浮华虚慕，仅凭一勺清水、几粒石子，就能换来春意盎然；敬佩它的根如蒜白，纤尘丝毫不染；敬佩它的叶碧绿葱翠，洋溢着勃勃生机；敬佩它的花高雅绝俗、凌波傲立、芬芳清雅；敬佩它不张扬的品质，在柔弱的外表中，蕴含着顽强的生命力。

"万木凋伤后，孤丛嫩碧生。花开飞雪底，香袭冷风行。"诗人定是从屋外走进屋内吧？是的，他一定是看罢天地的寒冷萧条，便抖搂了满身的积雪。然后，在屋子里吸收了一蓬凌波仙子的清香，那种沁心的温馨，让他不得不欢喜了。

这娇柔的凌波仙子，虽然身处冬日，但在室内依旧挂着一身的香气，散发着醉人心魂的淡淡的清香。

"借水开花自一奇，水沉为骨玉为肌。暗香已压酴醾倒，只比寒梅无好枝。"漫步于古诗词中，发现那高雅脱俗、清香优雅的水仙花，更别有一番意蕴。赏水仙，读水仙，悟红尘，心幽幽，情幽幽，顿觉芬芳四溢。

「 暗香 」

于寒冷的日子，感受美好，且只有它了。一株寒梅迎雪绽，十冬腊月暖心尖。我是这样想它的。

想起蜡梅，源于摄影朋友发的一组照片。绽放于冰雪中的红艳花儿，或一株，或一朵，更甚者乃侧影，迷纱环绕，似雾非雾，似幻非幻，恰如精灵。凝立于冰晶之上，让心颤抖，不忍抚摸。"朔风如解意，容易莫摧残。"崔道融的《梅花》恰如其分地表达出了那一刻的震撼。

梅花图片做了边框，素淡的边框，娇艳的梅花。冬天，就这么不经意的温暖，像是划过灵魂的一束亮光。

那年腊月，我去看她。小小院子是租来的，在院墙的地方有一株梅，刚打苞。她坐在树下，盯着那些骨朵，独自出神。一起去的朋友和她打招呼，她把纤细的手指放在嘴边，轻轻"嘘"了一声，如生怕打碎瓷器般地小心翼翼。

她指着枝头的骨朵神秘地说："我听到开花的声音了。"

那一瞬，我惊诧了。一个听到花开声音的女子，该有一种怎样的情怀，她的内心必定十分丰满，抑或是藏了许多故事。

侧目看她，二十多岁的年纪，肤色白皙，头发散披在肩上，如黑纱一般，柔软且顺，两只眼睛清澈如泉，带着一种清新。尤其她的手，锥形的十指，纤纤如葱，放在并拢的双腿上，让人有一种情不自禁想抚摸的冲动。那双脚，套着白色的靴子，雪一样，精致的美。

医生朋友顺手推起了轮椅，说该扎针了。我这才想起，她是一位双腿失去知觉的病人。后来，我和她熟悉了。她低着头，眉眼有伤，说那年自己太傻了，经不起失恋的打击，竟然从三楼顶上跳下来。她以为，可以誓死追寻爱情，却不料上帝嫌弃她太年轻，让她留下了呼吸，却再也不会走路了。

她迷茫了许久，最后敲起了键盘，把思想圈进文字之中，在那所小院子里，放飞着希望。我不止一次读她刊发在报纸上的文章，文字清雅隽永，冰清如梅，干净朴素。那文也带着淡淡的伤，如破开云烟的雨，滴答、滴答，湿了土地，也淋了心情……

后来，她离开小城，我再也不曾遇见过。

如今，梅又开，不知她是否还在听"花开的声音"。

对于花，我从心底喜欢，只是不懂打理，所以极少种花。城里的冬天越来越暖，于梅而言，便少了生存空间。想要赏梅，得去乡间，农家小院有多种梅。

冬日，我去了石头村，看到一片一片石板垒的屋子，层层叠叠，不曾错落，也不曾倾斜。端端正正的屋子，让我心生赞叹，这得多精湛的建房技术，才能把屋子建得带着远古气息。荒芜的村子，枯败的荒草，凌乱散落着。几个守着老屋的妇人簸箕般面无表情地倚坐在墙角，闭着眼养神，眼角挂着几滴老泪。冬日的乡村，在寂寞着。

那枝蜡梅，在这样的环境里，独自迎风绽放着。黑褐色的粗树干，像是历经千年沧桑，老树皮斑斑驳驳。它带着龙钟之态，似是看透红尘，也似悟懂人生。枯树亦开花，它们迎风吐蕊，生于荒芜之中，卓尔不群，不与桃李争芳，不因雪压枝头而退缩，不需绿叶来衬托，傲骨铮铮中露出高贵的品质，潇洒超脱中飘逸着芳香。

我想，也许正是它这种不畏严寒、不媚世俗的品格，才使得它独占"梅兰竹菊"四君子鳌头吧。

王冕写它"不要人夸好颜色，只留清气满乾坤"，陆游写它"无意苦争春，一任群芳妒。零落成泥碾作尘，只有香如故"。

它们在我眼前兀自盛开着，红的热闹，淡的清闲，黄的娇嫩，白的纯洁，彼此相互交错，又各自独立，冰清玉洁，风姿绰约，不惧冰雪，悄悄地打扮着人间。

那日我去一所学校，友在那里教书。走进去，映入眼帘的便是一片惊喜。一株株腊梅，在这寒冷冬日里尽情绽放着。那一株株蜡梅，深深地印在我的心里。友说她的学校环境很美，学生成绩在县内名列前茅，升学率极高。她说这些的时候，一脸的迷醉。我看她，觉得她和蜡梅一样，冰清玉洁的美。

「 嵌入掌心的粉黛 」

霜降时节，去了一趟"粉黛庄园"，这里呈现的是一片绚丽的景象，丝毫没有晚秋的萧瑟。浓郁的、炽烈的、艳丽的花儿在这里肆意色彩斑斓样燃烧。阳光是暖的，风也是！

山谷内，紫色薰衣草，白色格桑花，黄色黑头菊，红色百日红，每一种都长一种颜色，不多不少，正好填满视线。与之做伴的是即将衰败的狗尾巴草和絮絮飘荡的芦苇。鲜艳与枯萎，衰落与生机，生命的两种状态在这里交错，相映成趣。

尤为喜爱的是，在靠山根的地方，竟然长出一片粉色的细碎花，那花是花又不像花，一兜兜，和长在山上的龙须草一样，不同的是，它的根茎更加纤软，柔弱无骨，像少女婀娜的身姿，随着微风吹拂，蹁跹起舞。

花，棉絮般，碎着，大片大片，就那么碎着，最后就碎成了云雾状的粉色花絮，组成了一幅粉色海洋般的画面，爱美的女子荡起鲜艳的围巾，真真是沸腾、渲染了一方世界。

粉黛庄园，多美的名字，粉黛乱子草，我不想叫它全名。"粉黛"，就这么叫它好了，这样足够了。

我们穿梭在花间，乐此不疲地拍照。乡间的农人从身旁走过，牵了牛，夕阳西照，余晖落在他们身上，迸射出道道光影。

几位农家妇人摆了地摊，山间水果摆在篮子里，橘子，柿子，大红枣，石榴，个个都是饱满欢实，带着油亮亮的光泽，让人爱不释手，轻轻嗅，鼻尖传来各种水果不同的酸和甜。

乡村旅游，使小城的人纷沓而至，沐浴在秋色中，和果实一起陶醉。

各种花的周围，栋栋楼房仁立，红色琉璃瓦格外醒目。一座正在建的石牌坊，矗立在粉黛前边，如若卫士守护，又似礼仪牵引。我驻足于此，眺望远方。

山，极高，在秋的刻意装扮下，色泽玲珑，红叶黄叶抑或正拼命地腾挪，企图落到粉黛身边，与其一同绽放。

再远的地方，田间传来悠扬的声音，几缕炊烟过早地升腾，在渐来渐近的夜色中，融入田园。

我带着不忍和难舍，抱一缕炊烟，吸一味粉黛，牵一地花香，沿着暮色悄然而去。回头看一眼，眼帘蜷缩，心里，极其羡慕乡间的人，他们与花做邻居，日日相见，天天问好，年年岁岁优雅着。

「 那一朵花开的时间 」

　　寺院坐落在两座山的夹缝处，地势平坦，像如来佛祖的坐台。寺院，便建在这个平坦之处。房子是近代建的，但是仿古式建筑，依旧把朝拜的香客带回了远古。

　　寺院历经数个朝代，或因天灾，或因兵燹，屡废屡建，不知凡几。元至元初，香火兴盛。元末战乱，寺毁僧散。到"文化大革命"期间，更是遭到史无前例的破坏。如今，残留的几块碑碣，字迹模糊，斑斑驳驳，残缺的只读到只字片语。

　　春日，我去寺院，沿山而上，各种绿色破土而出，青嫩的草叶轻轻抹去冬日痕迹，伸展身子，微风吹，弯腰低头，那风姿、那气息，浑身为之一动，摒弃精神，感受自然的美好。盘绕在树上的蔷薇打苞，忙坏了蜜蜂，"嗡嗡"飞来飞去。暮鼓晨钟中，平添了尘世的乐趣。

　　一簇花，开在寺院正门口前方十来米处。郁郁葱葱的叶子，肥实得很。花瓣粉红色，张开，花瓣挨着花瓣，围成一个圆形。蕊坐中间，黄黄嫩嫩，像观音的童子，于花瓣中间绽放，把一朵花的美丽尽情展现。

　　寺院住持，白须长，垂于胸前。日光中，坐在寺院内蒲团上诵经。那簇花，开得艳丽，于诵经的住持错落交替，一个屋内，一个屋外，应景中，定格视线。

　　住持七十高寿，慈眉善目，身体健硕。他言曰：三十岁时，家资丰厚，家有良田数十亩，运输车一辆，方圆周边，算得上殷实人家。一日做梦，梦见在此两山之间平坦之处，有一寺院，观音菩萨脚踩莲花宝座……惊诧醒来，却发现乃一梦，不承想，一连数日，连续做同样的梦。他认为，这是观音菩萨的点化，于是，辞别家人，孤身一人来到此处。

　　他发现，此处曲径通幽，一片竹林浑然天成，两处幽泉潺潺不断。左右两山夹峙，背靠陡峭峭壁，山下一道河水环绕而过。唯独一片平坦处，散落几块石碑，他请人拓片，确认此处原有一座寺院，查看了地方史料，此寺院建于大唐，毁于元年。

　　从此后，他一心向佛，剃度拜师，正式为佛门弟子。他四处化缘，历经数十年，终于使寺院初具规模，有了今日的欣欣向荣。初一、十五，方圆百里香客归来，袅袅焚香中，佛光普照，他宁静如初心，木鱼、佛经，心归心，尘归尘。

　　忽一日，寺院大殿正门对面，五米远，长出一簇植物，青碧的枝条，嫩绿的叶子，他一开始不知为何物，直到那植物打苞、开花，粉红色的花瓣，金黄的花蕊，与荷塘的莲花惊人地相似。他恍然，想起最初的梦，因了那朵莲花，他与佛结缘。

　　如今，这朵与莲相似的花，开在佛门前，恰好对着大殿内的观音佛像。他顿悟，彻底明了。

　　我站在那一簇花旁，低头看，那花长在眼底，似是久藏的梦，醒来了。

　　我爱这花，亦向佛，于观音座下，得心灵宁静。

　　沿着寺院，漫步于竹林，清新雅致的竹子是寺院一景，在寺院的右方，两口清泉汩汩有声。泉水顺着泉口溢出，顺着一条纤细的水渠，飞流直下到山边。

山下方，几十个孩子，在老师的带领下，于明媚的日子，来寺院这边春游。喜欢研究学问的孩子，登高爬山，来到寺院，趴在寺院的几块石碑上，一字一顿读，不时大喊，老师，这座寺院的历史好久啊！

女孩爱花，盯着枝头的蔷薇，闻闻那股清香，迷醉一片。男孩爱动，看着河里的鱼虾，欢呼不已。老师靠在山下的那棵老柿子树上，手里捧一本书，一脸欢喜。现世安稳，一切静好。我以为那幕便是。

我走时，住持已经放下经文，唤来小沙弥，去山下请老师和孩子们上山吃斋饭。

佛曰：睹人施道，助之欢善，得福甚大。

那一刹那，我仿佛看见住持的僧袍上开出一朵花，那花似莲，却不是莲，更像佛前的那簇药牡丹。

「 秋分裹在桂花里 」

秋分裹在桂花里，冒着香气儿，打着旋，像婀娜多姿的仙女，穿越辽阔的苍穹，长袖飘飘，流苏轻坠，蹁跹起舞，蜿蜒而来。

坐在日子的怀抱里，聆听清风带来的或喜，或忧，或浪漫，或平淡的消息，我在这样的季节里，跟着家人去地里，收取大地的馈赠，乡间的各种精灵蹦跳着，兴奋地庆祝收获的喜悦。

故乡的秋分是忙碌的，大人小孩，都有明确的分工。田野上闹哄哄一片，大家在一块又一块田地里，把穿越了春夏两季的粮食搬运回家，丹江在身后，发出震耳欲聋的欢呼。

这个时节的丹江是安稳的，它平躺在村前的河道里，宽敞的水面，是初秋时涨水导致的，它原本想要退回到丹江深处，却又不舍得忙碌的农人，于是，就这么静静地、静静地看着炊烟升起，雾霭蒙蒙的乡村，眷恋着丹江的水汽儿，两两相望，从久远到现在，从来不曾放弃过彼此。

我和小伙伴们提着篮子，捡起散落在土地上的庄稼，黄豆咧着嘴，露出饱满的果实，我们低着头，像寻宝的使者，把一颗颗黄豆捡起来，用嘴吹，用手搓，力争把黄豆拾掇得干干净净，争取给学校交上最好的黄豆。

有一年，学校勤工俭学项目很特别，收的是一种名叫"老婆针"的植物。我和村里的小伙伴骑着二八自行车，沿着地埂跑，自行车太高，我们只能骑在大梁上，就这也丝毫不影响骑车的速度。

老婆针浑身是刺，经过太阳的暴晒，原本缩在一起的针尖，散成了球状的花团，那些细细长长的刺尖，好像没有见过生人似的，见谁就扎，我穿的呢绒衣服，好像就是为了给老婆针蜗居的处所。还没有割多少老婆针，衣服便沾满刺，扎得无法再穿。脱下衣服想要扔掉，又怕回家挨骂，于是，把衣服绑在车把上。

那一天，我和小伙伴们像风一样，在故乡的土地上来回旋转。那件沾满老婆针的衣服，被二舅看到了，他从车把上把衣服解下来，坐在小板凳上，一个一个摘，原本拧成疙瘩的衣服，被二舅摘得干干净净，最后他还用棉油皂洗了，衣服拿给我的时候，带着油腻的香气。

那时候的秋分，像挂在屋檐下的玉米，带着金灿灿的梦想。这个节气和春分、立夏、立冬一样，把季节分成两半，日子完美地穿插，把一份原本平淡的岁月，分割成浪漫的故事。

很多年后的今天，我坐在窗前，闻着桂花的清香，想着从前的故事。竭力书写，力求把日子还原，给自己，也是给岁月的答卷。

今年的秋分和中秋紧紧相连，于是，内心深处，便多了思念，思念走了两年的父亲，打开锁着的家门，父亲的遗像落满灰尘，站在父亲面前，那些浮灰呛了眼睛，没有父亲的家，再也无法团圆了。

思念刚刚离去的二舅，他的笑容似乎就在眼前，他对我妈说，就这一个闺女，可得好好稀罕着。是了，我是被捧在手心里的宝贝，是父母和舅舅们宠溺的骄子。

秋分了，日子又朝前走了一步。

我的记忆一直在回荡，我的心一直在抽搐，我的泪一直在眼角含注，我的思绪一直在蔓延……沿着头顶的云彩，回到魂牵梦绕的丹江河畔，那里鱼虾畅游，青草延绵，那里空气清新，河水清澈，那里亲情浓郁，幸福无限。

「 抬头见暖 」

街头花坛里栽植有序的簇簇花朵，像菜花一样的花，像蒲团摆放得整整齐齐。叶片和花朵长得精致，如同玉雕般美好。

"请问这花叫什么名字？"我问在清扫花坛周边沙砾的环卫大妈。

拿着扫把身穿黄色大褂的大妈，抬头，拍了拍身上的浮灰，笑着说："这花儿叫羽衣甘蓝。"

"羽衣甘蓝。"我重复一遍。

"嗯，羽衣甘蓝，是不是很好听？"大妈又跟着重复一遍说道，"打扫卫生五六年了，就稀罕这花，像卷心菜一样，接地气儿，还耐冻，你瞅瞅，这大冷的天，其他花都冻得蔫蔫的，就它还嫩生生的，每天早上起来，瞅瞅这好看的花，心里就暖得很，扫地也有劲头儿呢！"

我"嗯"了一声，蹲在大妈眼前，挪近一点，仔细看着这花。花叶子挨着根部的地方是绿色的，上半部分就变成了紫红色、玉白色，那叶子就像花朵一样，形态极美。配了"羽衣甘蓝"这个名字，既有诗情，也存画意。

看着扫地大妈手上冻得深一道浅一道的裂口，皴得像花的褶皱，我的心里猛然一揪。花在街头花坛里默默地开，陪着扫地大妈，于寒冷的冬日相辅相成。我抚摸了一下那簇簇美好，手心里润泽出来的都是欢喜。

今天早上送孩子去幼儿园，走出校园，太阳刚好从楼层后边升起来，花坛里的羽衣甘蓝一如既往地美好。我蹲下，又一次仔细看着它们。紫红色、玉白色两种花色交替栽植在小小的花坛里，硬生生地给冬天上了装饰。

恰巧又一次碰到那天扫地的大妈，她正坐在小凳子上休息，她还是那样笑一下，接着用手掐了掐冻得通红的鼻子，然后对另外一个扫地的大爷说："公园西大门处有一家早餐店免费给环卫工人吃饭，不要钱，你去吃了吗？"

大爷说："听说了，我还没有顾上去呢，咱们这段到那边有点远。你去吃了吗？吃的啥饭？老板和气不？"

大妈呵呵笑出声，连声说："我这几天早上都去吃了，胡辣汤、包子、油条，还有稀饭，怪好哩，老板夫妻俩都是厚道人，你得空了去瞅瞅，能省几块哩！"

"行，明儿早我抓紧扫，得空就过去。"大爷说完，把蛇皮袋做成的撮箕里的垃圾倒进不远处的垃圾箱，沿着路边继续低头扫地了。他沿着花坛边扫，紫红色、玉白色的羽衣甘蓝就在他的身边，开得很欢。

大爷和大妈的对话让我产生好奇，小城不大，但是人却不少，按照街道算，每条街道配几个环卫工人，如此一算，扫地的，出垃圾的，那队伍也不小。如果都去吃免费早餐，那得承担多大的代价，天天免费，不是打广告的一天两天。

有天早上，我特地去寻了那家给环卫工人免费吃早餐的店，在小城公园门口的侧边，小店不大，两间门面，外边摆几张桌子，好几位穿着黄色大褂的环卫工人正在呼噜呼噜地喝着胡辣汤。卖饭的是一位四十多岁的中年妇女，她麻利地切着油馍，然后放到电子秤上称。另外一位端饭的似乎是雇的服务员，她负责盛饭，跑堂。

屋子里边，有一位男人，穿着白大褂正在忙着烫米线。两口桶装的大锅冒着热气，白雾腾腾中，他喊"米线一碗，热干面两碗，好了……"

三个人的早餐店很火热，忙碌得很，在门口花坛边竖着一个小牌子"本城环卫工人早餐免费，另有开水供应"，那字虽然写得不是规整，但很醒目，和花坛里的"羽衣甘蓝"一样，带着菜花的形状，有着玉雕般的美。

羽衣甘蓝耐寒，雪霜冷冻后，透着冰清的美，犹如一朵盛开的牡丹花，因而又得名"叶牡丹"。它开在早餐店门口，每日里看着来来往往的环卫工人。

那天，我坐在靠近花坛的地方，一边看羽衣甘蓝，一边喝着稀饭。小米稀饭黏稠，带着暖胃的清香。咬一口脆香的油馍，心里升起一股一股的温暖。羽衣甘蓝，在严寒的冬日兀自绽放，全城都飘着清香。

「 飞落的叶子迎来的春 」

山城太小，街道过于清瘦。人流挤压，红尘里，便翻滚不休。

县城有一条街道，两旁栽了垂柳。纤细的枝条垂直而下，偶尔，抬手拂动，无端地，心便荡漾。我喜欢沿着暮色的光，走在瘦长的路上，抚摸每一棵长在路边的树。听风吟唱，看叶舞动。

春天里，它们抽枝发芽，嫩黄色的、尖尖的细芽从枝条缝里挤出来，两瓣细叶娇俏地迎着春风，柔弱无骨，婆娑舞动，光阴里，生就温暖。随着时间的推移，叶子慢慢有了韧性和厚度。深绿的、浅绿的，密密匝匝堆叠在一起。

缝隙里，投射一丝光。树荫下，便绘满图案。风，动一下，再动一下，叶子便不由自主地摇曳，眼睛在那不紧不慢有节奏的晃动中，沉醉了。整个春天和夏天，叶子都那么晃动着。含烟一株柳，拂地摇风久。大抵说的便是这种风景吧！

于树叶，从心底喜欢。儿时的树叶可以当玩具。揪一片柳树的叶子，折叠，放在嘴里吹，啾啾的声音，如天籁般。少时，有个伙伴，喜欢音乐，笛子吹得好，每次听到，犹如春风拂面，那种美好，于心灵是一种享受。后来，他摘树叶吹，没想到，竟吹得如痴如醉。小小的绿叶子被他轻轻含在嘴里，两腮微微鼓起，眉眼里，全是笑，生活于那时候而言，全是纯真。多年后，在回忆故乡的梦境里，多了一个捏着树叶吹奏的人。

豫西南的秋天格外长，各种叶子葱茏了一个炎热的盛夏，见惯了各种各样的花儿，它们逐渐褪去盛装。以娇俏的姿态染上秋的浓墨。秋天便有了颜色。没风的时候，它们格外丰满，犹如成熟的少妇，风姿绰约。有风的时候，它们便活泛起来，长满脉络的线条，在光的辐射下，翩翩起舞。树欲静而风不止，这样的景象在整个秋天里旋转。

离开乡村，在城市的一隅蜗居，能看到的叶子极少。那一街两行的垂柳就成了心中的圣地。我常常站在树下，感到无限温柔和美好。有时候，甚至忌妒枝条的摇曳，那种惬意，无端地羡慕，也硬生生地心疼。

柳树属阴性，在风水学里，它是鬼的指引。农村人忌讳，有"院前不栽桑，院后不栽柳"一说。我曾观察过，在乡村，柳树的作用不大，它既不能做家具材料，也不能盖房起屋做房梁。许多年以来，我发现它唯一的用处是扎穴。这个穴是地下的，为逝世的人扎穴。谁家的亲人不在了，砍两截柳树枝，在风水先生看好的穴地两头栽上，为挖墓坑的人做记号。而柳树生存能力极强，两截树枝，经过春天雨水的洗礼后，抽枝发芽，而后渐渐成长为一株大树。

在故乡的田野里，许多坟头都柳枝飘飘。我没有想到，这样的情景有一天也会出现在我眼前。这个坟头是父亲的，他去年这个时候狠心地抛下儿女离去。仅仅半年，那两截柳枝便冒出了细芽，上次回家上坟，发现那两株柳枝已经随风摇曳了。

以前看过一本鬼故事，说得神乎其神。那里边便提到柳树，基本栽有柳树的地方，都是水边。而鬼是暗夜之物，柳树既是指引鬼魂之物，也是困邪之物。魏贾思勰《齐民要术》中说"把柳枝稷门，鬼不入家"。我不知道这样的说法算不算迷信。但是，柳树于我而言，既是风景，也是心伤。

城里那条栽满柳树的街道，是一条穿城河，河两旁柳树垂直而下，低垂到河面上，风吹，拂动，富有诗意。我便经常站在树下发呆。于有形中观无形，于哀愁中感受美好。想象叶子的四季和轮回。

冬日的黄昏，看逐渐瘦弱寒冷的叶子，以及那些嶙峋的骨，断了节的绿。所有的温暖，在这个时节冷了。捡起一枚叶子，握于掌心，那种薄凉，让我觉得有些残酷，就像生老病死。我于它们中间，漫漶着心事。有些痛，注定要承受，也必须接受。

冬天了，一片片飘零的叶子，落在脚下。透过那些枯黄的脉络，我似乎感觉到，春天已经不远了。不需要很久，它们会再次染绿，那种嫩黄，葱绿，哦，和新出生的婴儿生命一样，崭新崭新。

「 大山、古寨、映山红 」

八王寨，位于淅川县毛堂乡。具体是哪一年修建的，或者是哪一帮英雄的王国，找不到一点资料，来揭开这个寨子的神秘面纱。尽管没有文字介绍，但是，八王寨那满山的映山红，却是无限的资料，它引来了一批又一批寻美的使者。

今天，沐浴着天高云淡、风清阳柔，一行人，端着相机，开着汽车，前仆后继，浩浩荡荡，奔向了八王寨。

万木丛中点点红，远远望去，八王寨的映山红，像少女的红唇，盈盈清点，嫣然笑兮。

神秘的八王寨，以这么美丽的姿态出现了，没有粗犷、少了暴戾，婉约、舒然，大家欢呼雀跃，奔向一株一株的花儿。

红的、粉的、紫的，朵朵映山红，迎风招展，细蕊突出，蝴蝶在花蕊上翩翩起舞，风浪逶迤，花香馥郁。

顺着知情人的手望去，八王寨就在高高的山顶。据说那里曾经住着一股土匪，势力挺大，遗留下来有完好的寨墙和寨门。为了找寻那曾经叱咤一方的势力，为了揭开"八王寨"之谜，同时一览映山红的美色，大家决定攀登到山顶。

弯弯山道，灌木丛生，落叶厚积，只能容一个人而行的小路越来越陡峭。极目望去，山顶似乎在云端之间。千年老树经受了岁月的洗礼后，横七竖八地躺在荆棘丛中。不知名的鸟儿，忽然尖叫，扑棱着翅膀飞出来，惊吓了一群探秘、寻古、赏花的人。

山，越来越陡峭。灌木越来越密集。茫茫山林里，一群摄影爱好者，来自山外的使者，向着浩浩天宇大声地呼唤，"喂，喂"的声音在山谷里回荡。

大家相互支撑，互相打气，千万次鼓劲儿，终于攀登到高耸的山顶。

古老的寨墙，沿山顶修建，高低错落，直插远方。石板经过风雨的洗礼，很多已经风化，层层脱落，一座宅邸，原型基本保存完好，四边的墙壁虽然倒塌，但是还能隐约看出它曾经是多么的重要，也许是寨王的议事厅，或者是寨王的寝室也说不准。

两棵参天大树，苍老的枝干斑斑驳驳，枯萎的叶子一经落下，便腐朽不堪，似乎在诉说曾经的血雨腥风。一块高大的尖形巨石，矗立在宅子的一边，上面有模模糊糊的"八王寨"三个字。

这三个不清晰的字，让大家都震惊了。因为刚进山的时候，在一处村子的边上，有三间土坯房子，疑似土庙，院墙的门楼上，赫然写着"霸王寨"三个字。

如此分析，这"八王寨"究竟有多少年代了，连山下的土庙都写着"霸王寨"。是否证明，这里已经很久没有人来过了。而且也可能自从寨子颓败之后就没有人来过，不然当地百姓怎么会犯一字之错呢？

八王寨，是不是寨子里有八个王，还是寨子的大王排行第八？这个寨子，又增加了几许神秘。可惜找不到一点资料，这也成了遗憾。

踩在古老的寨墙上，拨开眼前延伸的灌木枝条，手背被划出一道道血痕，耳边回荡着寨子里的刀光剑影。历史的天空，划过一道血痕，在一座高大的山上，讲述一段经年的故事，亦如这满山的映山红。

一座古老的寨门，石板垒砌而成，虽然残败，但是透过寨门前的大松柏，依然能感受到它曾经的辉煌。寨门顶上有一个长方形的地方，似乎被挖了一块，估计这地方曾经镶嵌着一块价值不菲的匾。至于被什么人弄走，又是永远的谜底了。

同行的影友，分别斜靠在古老的石墙上拍照。午后的太阳光线不算很强，寨门在阳光的斜照下发出昏黄的光，古老、现代，二者慢慢重叠，幻化成一幅幽美、绝色的画卷，婉转成千古传承之经典，瞬间永恒。

不知不觉，太阳已经偏西了，大家提议下山吧。于是，我们又踩上了厚厚的枯叶残枝，开始返回。下山的路上，赫然出现大片大片的映山红，比来时多了千百倍，那些花，无限放大，红的红，粉的粉，紫的紫，旖旎了大山，旖旎了人。

古老的山道，一片火红，染红了一片天空，我好像在此刻才懂得，什么叫"映山红"。

满山的映山红，齐啦啦开，齐啦啦唱，齐啦啦美，用久久不败的花儿，映照遥远的传说，映照着斑驳沧桑的"八王寨"。

我感慨当初建造这座寨子的山大王，是何等的情长，何等的儒雅，才能把一个令人心战胆寒的土匪寨子，建造在满山的映山红中。

也许大王本身就是一位雅士，被生活或者被官僚所逼而做了土匪。他把寨子建造在满山的映山红中，是否在提醒自己，土匪不一定就是坏人，他们也有花一样的心，那心，红艳艳，滴着最艳的血。

很多天过去了，"八王寨"成了我心底最深刻的回忆。"八王寨"的"映山红"，像火一样燃烧在脑海。

第二辑 ／ 心生欢喜

「 花开月正圆 」

　　尘世的浮华，喧嚣的杂音，日益浸染我们的心灵，快节奏代替了悠闲的田园，忙碌霸占了诗情画意，朴素的日子越来越少。原本长在乡村的花儿，被剪切，红丝带绑几下，蝴蝶结浮动，市场，迫不及待地打乱了节奏。唯独它，还在乡下，一如既往地活着。

　　它开花，和月亮一起，于静寂的夜晚，把一缕芳香扩散。花朵有红、有黄，像喇叭一般。枝叶蓬起，像圆形的球体，花在枝头上放，高高挺起喇叭头，这花，在夜里绽放，天亮时，收缩喇叭头，悄无声息。在山乡，我们叫它"粉豆花"。

　　他是医生，学的中医，熟读《本草纲目》，他说世上草木皆入药，因此人要有草木香。这花的学名多，"夜晚花""胭脂花""紫茉莉花"，吸一口，喷香喷香。

　　第一次见到他时，他正赶着几只羊往山上走，白色的衬衣很干净，扎在黑色的裤腰里，黑色的布鞋，还是棉线做的千层底。我很惊奇，现在还有这种鞋子，真是远离了红尘。

　　他家三间红砖瓦房，偏房是一间青石板的老房子。据他说，那间青石板是最开始分家父母给的房子，这三间新屋是他后来盖的，也算是成家立业了。

随着时代的发展，外出务工的人越来越多，山乡剩下的只有老幼了。村人说，凭他一身手艺，开几味药，足以挣大钱。他收拾好了行李准备走的时候，村里的王大爷拄着拐杖颤巍巍地来了，从村子后方走到他家，要翻一个山包子，下一个陡坡，王大爷摔了一跤，胳膊上摔破了一块皮，红赤赤浸着血丝。

那一刻，他浑身像是被针扎了一般，感觉自己的身心都在疼。想起当年学医回来时，山村敲锣打鼓欢迎的样子。老支书拉着他的手，说他是山村第一个学医的娃，以后村里人看病就不用翻山越岭到几十里外的镇上了。

这以后，他就在山村给大家看病，中医西医都能看，大家说他是全能的，看啥病都不在话下。这一看病，就是好多年。现在，村里的人越来越少，他的病人也只剩下老人和孩子了。

第二次见到他的时候，他依旧坐在经常坐诊的那张白茬桌子前，嘴里咬着一根圆珠笔，正在开药方。抬头看是我，点头，示意我自己坐下。

待他忙完让我喝茶的时候，我紧忙提前拿住了放在桌子一角的茶壶。看着他双手空空的袖子，我的心里涩涩的……

前年，他去山里挖黄连。挖黄连，从小到大挖习惯了，小时候是挖来卖钱，如今是挖来自己制药。山陡峭，林密集，他在山里忙碌一整天，上午吃了凉馒头，喝了口水。下山的时候，一条爬在树枝的蛇猛然出现在眼前，他吓一跳，躲避那红色的信子时，双手没有地方扶，结果一脚踩空，掉落到山下。

那以后，他没了胳膊。没办法开处方是其一，家里的地开始荒了。妻子跟村里人一起外出务工后，再也没有回来。十三岁的女儿辍学回家做饭洗衣，照顾他和弟弟。他想上吊，绑不起一根绳子；他想喝药，握不住一个药瓶，他需要孩子们喂才能不饿肚子。

后来，一些慈善机构来看他，开导他，帮助他。他看着一双儿女，噙着泪，咬着牙挺着。他学着用脚来吃饭，用嘴巴咬着笔写字。功夫不负有心人，经过一段时间的苦练，他终于可以再次开处方了。

村委会帮他把诊所挪到了村部，距离学校近了，周边村子找他看病的人也多了，方圆几十里的人慕名而来，他的日子慢慢有了起色。

我们这次去的目的是捐款给他，他笑呵呵地拒绝了，说："捐给需要的人吧，我现在很好，难道你也认为哥不行？放心，你看看，现在不是过得挺好嘛。只是辛苦了女儿，做饭洗衣，小小年纪便承担家务，亏了孩子。"

在他诊所的外围，栽满了各种各样的花儿。最抢眼的是粉豆花，顶着小喇叭，红的，黄的，一大片。

他女儿扭头看我们，羞涩一笑，去给花儿浇水。十五六岁的姑娘，亭亭玉立，和花一般。

我走近，弯身嗅着那粉豆花，看着他们父女俩灿烂的笑脸，眼前闪出一缕光，那光似银丝般照进了我的心间。

「 君子兰 」

照片中，君子兰正开。花很美，叶肥厚，根肉质纤维状，乳白色，十分粗壮。我觉得像故乡的洋蒜，大棵的，给人厚重感。

花，橘红色，开两朵，蕊，金黄色。花葶自叶腋中抽出，花茎宽细小；小花有柄，在花顶端呈伞形排列，花像漏斗一般，直立着，两枚覆瓦状排列的苞片，紧挨着盛开的花瓣。

我即兴题诗："羞羞答答处子绽，朦朦胧胧露娇颜。滴水意吟花灵秀，还有骨朵一边站。"

他说："丫头，哥的技术咋样，配上你写的文，是不是倍儿棒？"

我说："哥的技术顶好，有大师的级别了。"

他发一个捂脸的表情，说忙去了，要安排下乡扶贫的事儿，这些都是近年的重头工作。

县里人事调动，他调到某局做了一把手。我曾经问他，是升职吗？他说不算，是平调，只是要忙了些。

他是在论坛里认识的，那时候我写字，玩博客。他看到我的字，说我的文带着淳朴，有股子清新味，他的根也在乡村，所以格外有亲切感。

后来，他很忙，我去一家单位打工，交流的机会就少了。偶尔，他依然会发一张照片，留言给我，让我给起个名字。

他的照片以山水、花草居多，构图、三角点掌握得很好，给人以宏大的场面感。花草，微距拍，背景加以虚化，带着朦胧的美。就像眼前的这盆君子兰，背景虚化得若隐若现，突出了花，那花叶便带着饱满，极致中透着温馨。

前年，由我参与的旅游丛书出版了。第一时间，想送给他一套。在我的心里，他是谁也不能比拟的，如父如兄，对他怀着深深的敬意，所以我想把喜悦送给他。走进他办公室，他正卷着袖子擦桌子。

我看他一样一样把桌子上的办公物件擦干净，他说秘书家里老母生病，请假回去了，暂时也不想再配秘书，小活，自己随手干了。

挨着窗台的地方放着一盆君子兰，对称的几片叶子紧密地挨在一起，厚墩墩的叶子，重重叠叠的。

我问他："怎么只有这一盆花，以前的办公室记得有两盆。"

他笑着说一盆就够，现在提倡俭朴节约，能省则省吧，有一盆净化净化空气陶冶陶冶情操足够了。

说完后，他表情凝重，说扶贫去山村走了一圈，看到的都是破败，心里很疼。回来后，他给企业家开专题会，就扶贫的事儿拿出一些意见。

再后来，更是很少见到他，微信也难得说一句话。前些天看小城新闻，见他正在山村的一家农村企业视察工作。蒙着黑色塑料网大棚里，香菇架子码得整整齐齐，一把一把的香菇长得郁郁葱葱。山野里，老农赶着成群的牛羊，他走在他们身边，亲切地问着什么，身上沾满了泥点子……

看见君子兰，就想起了他行走在乡村的情景。隔着电脑屏幕，我似乎闻到了飘满一屋子的浓郁花香。

「 从春天出发 」

喜欢三月，不仅仅是因为阳光明媚，空气清新，而是因为满眼的花红叶绿，生机盎然。

看桃花，定要去"内乡赤眉"。这里的桃花闻名遐迩，满山、满山，入眼都是花，那种繁，让春天不由自主地热闹。冷藏了一个冬天的人，不能错过这一沸腾的季节。

瓦蓝的天空如清洗了一般，几团云，散漫着。阳光像极了线状的典籍，厚重得无法掂起。仰头，暖，低头，还是暖。这些暖，以飘逸安静的姿态打动了我。

来看桃花，和影友一起，几十个人扛着"长枪短炮"。待下车，便奔于花丛，支架的支架，匍匐的匍匐，又是眯眼，又是招手，千奇百怪的摄影姿态，让人哭笑不得。与这样的一群朋友一起，我乐呵着。生活中有了他们，增添了很多色彩，炊烟里，升腾出些许浪漫。

置身于万亩桃园之中，其娟秀雅致，妩媚俏丽，真是陶醉了踏春的人。神清气爽，心气似乎也随着满目的桃花，飞驰在远古的"桃花源"中。好像自己就是远古"武陵郡"的打鱼人，走进了人间的世外桃源。

"桃花春色暖先开，明媚谁人不看来。"带着一双凡尘的眼睛，一双寻找美的眸子，沿山道而行，弯弯的狭窄小路，穿插在一棵一棵的桃树之间，山峦层次分明，一株一株的桃树错落有序，梯田般映入眼帘，山高而不陡，路窄而不峭。

移步于桃林之间，头顶，瓦蓝瓦蓝的天空，眼望，远山纵横。身侧，树树嫣红。深深地吸一口香气，尽力吐纳大自然赋予的精神食粮，心悦，神醉。

千树万枝，一片盎然，一朵朵、一簇簇的桃花，粉的淡红，亦如小家碧玉清清淡淡；红的热烈，亦如妩媚女子浓妆艳抹。粉纱衣，红罗裙，一袭一袭罩在嫩叶丛中，绿中有红，红中有黄，映衬着浓浓春潮。

有的花已经全部绽开，露出粉黄的花蕊；有的半绽半闭，犹如睡眼惺忪，打着哈气；有的还打着苞骨，躲躲闪闪，舍不得怒放。急得一群采糖的蜜蜂发疯地"嗡嗡"乱转，演绎着一静一动的景观，吸引了四方游客。

醉心于花海之中，脑子里回荡着前贤的诗词歌赋，古代的文人墨客，多伤感桃花凋零的无奈，暗借花期感叹人生。

"二月春归风雨天，碧桃花下感流年，残红尚有三千树，不及初开一朵鲜。"

"桃花开了，流水余香绕。镜里朱颜惊未老，却问比花谁好？朱颜不似花红，花红毕竟无情。若是桃花情重，纷纷红泪飘零。"

这样的诗词读来心伤，感叹古人的情谊含蓄而执着。猜想可能是时代的背景，让他们只能用诗词的方式表达心情。虽然忧伤淡淡，但却更加让人心醉于这美丽的，花期短暂的树树桃红。

南来的，北往的客，漫步在桃园之中，没有了古人的吟诗填词，却多了艺术的鉴赏，一双双眼睛探视着春色，一个个镜头揽进唯美，摄进桃花的风采。

一声声赞叹，一片片叫好，惊醒沉醉于枝头的喜鹊，凌空而起，展翅飞翔在花海中间，盘旋在游客头顶。我静静地凝立在花丛，不忍离去，极力收藏着尘世的美好。让每一朵花的芬芳都沉淀心底。

满树的芳菲，想起崔护的诗："去年今日此门中，人面桃花相映红。人面不知何处去，桃花依旧笑春风。"诗人在去年桃花盛开的季节去郊游。在一扇门里，姑娘的脸庞，相映鲜艳桃花之中。今日再来此地，姑娘不知去向何处，只有桃花依旧，含笑怒放春风之中。

那年春天，我来看桃花。看到当地的老农，握着锄头，在桃树的周围松土，一锄，一锄，他神态安详，和蔼可亲，满山的桃花映红了他沟壑纵横的脸庞，岁月的沧桑在他身上写满印记。

他笑容很灿烂，虽然身体佝偻，但是很有力；虽然他的眼睛有点昏花，但是很清澈；虽然他的手掌满是老茧，但是不影响他动作的麻利；他是一幅非常美丽的田园画卷。

今年，我又来看花，他依旧在。顺着他的手指望去，看到山脚下的座座小楼。现代化的楼房，白白的墙壁，红色的琉璃瓦，崭新崭新的楼房一座连着一座，宽敞的庭院，花卉盆盆。楼檐下挂着红彤彤的灯笼，春节贴的对联，在阳光的照射下，泛着朵朵光。

他的笑，舒心，陶醉，还有些许的含蓄，他没有具体地表达什么。可是我们却读懂了他，满山的桃花虽然很快就会谢去，可绿叶丛中的果子已经慢慢地钻出来了。秋天，又是一个丰收年。

仰起脸，鼻子贴近桃花儿。闭上眼睛，吸一口香气，沁人心脾。"可惜狂风吹落后，殷红片片点莓苔。"我知道，几天之后，这大片大片的桃红就会在一阵风的吹拂下，撒落满地。再也没有满树的馨香，没有蜂恋蝶拥，没有成群的游客，跋山涉水来采风。

　　但是"落红不是无情物，化作春泥更护花"，我想明年的这个时候，再来看花，这里又将是一片唯美，粉的清淡，红的妩媚。

「 映日荷花别样红 」

那个村子坐落在山区，几户人家疏散地卧在山的附近。

进村的小路拐了一个弯后，再拐一个弯，便看到村支部，一溜几间二层楼房。因为这个村子是县里新农村旅游的示范村。所以，现代的楼房，特地建了仿古的屋檐，盖了坡屋顶，上了灰色的瓦片，墙壁也刷成灰色，那楼房就平添了古建筑的味道。

村部前边场地广阔，大概五十米的距离，一连三个新挖的大池塘，目测，至少也有几十亩地。三个池塘紧靠在一起，池塘与池塘之间的堤坝还留着推土机的齿轮印。

池塘里，零散地漂着荷叶，茎长的，顶着的扇形的叶子，偶有几株没有展开的叶子，卷在一起，在荷茎的支撑下，亭亭玉立，荷茎上细小的骨刺也看得清清楚楚。挨着池塘水面的叶子上，滴溜溜滚几滴水珠，在春日暖阳的照射下，晶晶的，明亮着。"小荷才露尖尖角，早有蜻蜓立上头。"说的大抵便是这种情景。

几朵红莲在荷塘中央，亦打着苞，翘着纤细的骨朵尖尖，那一丁点红，顿时让我想到了大汉王朝里边的女子，樱桃小唇的一抹红。有几朵已经完全绽开，花朵层峦铺开，黄的蕊，絮絮在花朵中央，隐隐露出绿绿的莲子梗。花瓣分开，一瓣挨着一瓣，粉红的底层，逐渐加深，到花瓣顶尖，便成了色泽深一点的玫红。

一同去的摄影师，像陀螺一样，在堤坝上忙碌，他们支起三脚架，把镜头推向池塘中央，那花便走进视线，扩大无倍数，在镜头里蹁跹。

荷花，从古到今，就是文人墨客吟唱的对象，出淤泥不染的素净，是雅致的美。中学的时候，课本有"江南可采莲，莲叶何田田。鱼戏莲叶间。鱼戏莲叶东，鱼戏莲叶西，鱼戏莲叶南，鱼戏莲叶北。"那种美好的情景，自那时起便在脑海里回旋，幻想一场采莲的盛况。荷花于我，如同一首精致的诗，读一遍，还想再读一遍。

五十多岁的村支书，脸上带着山里人的沧桑。他一路陪同，说为了规划新农村示范村，特地去江南，看人家是怎么旅游兴村的。后来根据村子特点，土地剩余，没有劳力耕种，再加上优势，山高，水清，泉干净，离县城也近，和几个村委班子商量后，去南方买了红莲，年内栽在池塘里。

他说为了挖这几个大池塘，没少受阻力。老人们种惯了庄稼，听说要弄几池子无用的"莲花"后，疯了似的和他吵。辈分高的前辈，更是指着他的鼻子骂，骂他拿着农民的土地糟践。

还有一些人，以为他挖池塘是为了套国家新农村补贴，直接跑到县里上访了。这事儿闹腾了好一阵。一个冬天都过得憋屈。还好，最终得到镇上领导的支持。几个荷塘如愿栽上了红莲。年底就能挖出来卖钱，到时候分给大家伙，蚊子再少也是肉，多少都是补贴。

现在，荷塘正按照预期的前景发展。开春，荷叶发新芽了，初夏，荷塘开红莲，这头一年，虽然荷叶没有碧连天，但是依然吸引不少城里人。山村，热闹许多，瓜瓜果果卖了不少。几家农家饭庄，大柴锅农家菜留下不少客人。老支书说这些的时候，脸上有笑，褶皱像卷起的荷叶。

　　我沿着湖塘移动，看花，也拍花。湖塘一边挨着大山，在山脚下，有几棵大树，蒲扇般的树冠遮天蔽日，把荷塘的一小部分覆盖在阴凉内。我们在树下小憩，闻着荷花的清香，极尽惬意。

　　那古树，我伸开双手也没有全部抱下，老得和山一样，厚重得很。几株山竹，像是故意零落在树下，"绿竹含新粉，红莲落故衣。"这首诗，应了当前的景致。大家且拍且吟，尽显诗情画意。

　　同行的女友，普通话说得好，在我们的请求下，即兴在荷塘边，诵读了周敦颐的《爱莲说》"水陆草木之花……予独爱莲之出淤泥而不染，濯清涟而不妖，中通外直，不蔓不枝，香远益清，亭亭净植，可远观而不可亵玩焉……"

「 心生欢喜 」

"曈曈日脚晓犹清，细细槐花暖欲零。"我去采槐花的时候，差不多就是这个时节，日光很暖，夏天似乎就要来临了，槐花亦有落地化泥的迹象。

"坐阅诸公半廊庙，时看黄色起天庭。"是这首诗的后两句，整首诗读来有点季节伤，带着淡淡的愁绪。但是丝毫不影响我去摘槐花的兴趣。山道弯弯，车子盘山而行。透过窗子，看到山野里，一树一树的槐花在季节里摇曳，一串一串的槐花，风铃般挂在枝头，风吹，晃晃悠悠，飘飘然一荡，几多花瓣随之散开，风情四野。

沿路槐花很多，低矮的槐树，基本被城里人杀戮一空。山巅之上的，枝高的，倒是槐花凌扬，奈何双臂伸出，长不过一尺有余。实在寒了一颗摘花的心。继续走，往山里走，行至几十公里时，眼前猛然一亮。

山脚下，一户人家，二层小楼矗立于公路旁，白的墙壁，红的琉璃瓦，在太阳下，发出耀眼的光。最主要是在院子的外边，两棵顶天的大槐树，雄壮霸气地耸立着，槐树上挂满密密匝匝的槐花。这两树槐花显然落后季节几步，花骨朵儿亦还不少，花萼是绿色的，花瓣是白色的，两片向内合拢，两片向外张开，一张一合，恰恰张弛有度，我的心，在这里便停留下来。站在槐树下，仰视高耸的槐树，花的清香，从树上跌落，一股一股，飘进鼻子，抽一下，再抽一下，吸进心扉，满怀柔情。

楼房的主人，一位六十多岁的大娘，看到我们的车停下来，径直进院子拿来了一根长竹竿，竹竿顶端绑了一把镰刀。我不解，盯着她。

她笑着说，你们城里人都喜欢野菜、野花，往年不少人来我这里摘槐花，树太高了，够不着，我就准备了这根竹竿和镰刀，你们来摘槐花也方便。大娘说完，扛着锄头去地里干活了，她说才落一场雨，得去把辣椒苗复锄一遍，不然，地壳太硬，不利青苗生长。先生连声道谢，接过大娘手中的竹竿。

我呆呆地望着不远处的山峦。感动于大娘的善良，也不耻于自己，穿上旗袍去摘槐花，成了大娘口中的新新人类，城里人。些许怀旧，瞬间把思绪拉长，无极限地延伸，回想从前的自己，和那个村庄。

故乡有高坡，有很大的河。坡上槐树居多，树大粗如水桶，树小细如枝条。春来，槐树抽枝发芽，随之开花。花素，白色，清香，犹如茉莉般，却比茉莉浅淡几分。它在日子里兀自开放，把美好绽放在山涧、野外，居于高坡，却平凡低调，花串低垂，像旧时恪守家规的妇人，不敢高声语，闻听家训声。

那时候，我们摘槐花，背篓，麻袋，篮子，只要是能装槐花的物件，统统派上用场。满坡的人影，爬在树上的用手摘，站在树下的用竹竿绑上镰刀钩。群众的智慧是无限的，是可以开发的，不管开得多高的槐花，总会被大家想尽法子弄到筐子里。

待到日落西山，树上的槐花，渐渐变得模糊的时候，摘槐花的村人才恋恋不舍地收工回家。霞光中，宽阔的河面上，映照着一行在河堤上的人，沉甸甸的收获在脸上写出幸福的微笑。瓜菜半年粮，有了这些槐花，日子就有盼头。家里堂屋铺上塑料薄膜，摘来的槐花倒在上边。待

　　母亲一锅一锅蒸熟，再抬到太阳下晒干。想吃的时候，抓一把，清水泡开，槐花第二次绽放后，便被包进包子、饺子，或者凉拌后，装进我们的肚子。

　　林徽因说："你是一树一树的花开，是燕，在梁间呢喃，你是爱，是暖，是希望，你是人间的四月天！"在故乡，槐树就是最美的四月天。槐花的故乡在乡村，槐花是乡村独有的美食。

　　如今，槐花又开，我却离故乡越来越远，成了让自己心痛的"城里人"。

　　先生用大娘的竹竿钩下许多槐树枝。我坐在大娘搬出来的凳子上摘槐花，左手按住枝条，右手从槐花串的根部捋下，"嗞嗞嗞"清脆的声音在耳边响，在我的注视下，一朵朵花，一粒粒骨朵，巧笑嫣然，俏生生地顺着右手指缝落入篮子。偶有蜂蝶落入篮子里的槐花上，我看着它们，欢喜得很。

　　许多槐花经不起竹竿上镰刀的摧残，落入尘埃中，与各式绿叶、嫩枝、草禾混杂在焦黄的泥土中。"零落成泥碾作尘，只有香如故。"我想，泥土中定然也有清淡的槐花气息，泥土的芳香，存储多种美好，槐花也是其一。

　　那天，和大娘告别的时候，我们约定，明年四月还去她家摘槐花。

　　回到家中，我学着母亲从前的样子，把槐花蒸熟，去水，打几个鸡蛋，拌了葱、姜、蒜，滴了香油，买来饺子皮，包了饺子，送给楼下的爷爷奶奶一些。我们都美美实实地吃顿洋槐花饺子。那味道，至今犹在，回味绵长。

「 故乡的豌豆花 」

新居是楼房，母亲的菜园子在屋后。后院紧挨着的地方有一块空地，她掀掉铺着的花砖，指挥父亲用榔头挖。大泥块，太阳下暴晒几天。她又吆喝父亲用锄头碎土。几个平方的空间，愣是让他们开辟出一个菜园子。

小小一块地，栽满绿莹莹的植物。豌豆花是其中一种。母亲说，点几粒豌豆，结了豆角给娃们吃。在母亲心里，青碧的豌豆角是顶好的零食。

几场春雨，几道阳光，豌豆长得齐小腿深，挨着墙壁，藤蔓丝丝搅搅，亲热地相拥在一起。好像没过多久，豌豆花便从叶子的缝隙中张开眼睛。豌豆花，蝶形，像一只展翅高飞的蝴蝶，站在藤蔓的身上。那花，白色、粉红、榴红、大红、蓝色、堇紫及深褐色，各种各样的花，把母亲的菜园子装饰得五颜六色。

乡村，豌豆花司空见惯，多了，就没人稀罕了。豌豆花于我而言，是童年，是一段时节，想起来，便是暖，亦感觉醉。红尘里奔波，总有尘埃落心头，想起那时候，几多甜蜜，几多辛酸。

那年，那个上午，和堂妹一起，爬在开满豌豆花的地里，摘下青绿的、嫩嫩的、扁扁的豆角，塞进嘴里，牙齿上下咀嚼，"咯吱、咯吱"，甜丝丝的豆角带着绿气在口腔里蔓延。

吃了嫩豆角，摘下老豆角藏于篮子底部。然后偷偷摸摸往地头爬，像极了电影里炸碉堡的英雄。可惜，还没等我们俩爬出地头，便被村子东头的"光头大叔"抓个正着。光头大叔把我们俩篮子里的青草倒出来，里边的豆角也暴露无遗。

我们俩吓得瑟瑟发抖，不敢吭声。光头大叔瞪着圆溜溜的眼睛，那眼神，有撕吃我们的冲动。三个人呈品子行，光头大叔站了一会儿便坐在草地上。他不发话，我们俩不敢动。空间内，静止了。我能听见自己的心跳声"扑通、扑通"。

光头大叔也不说话，他拿起搭在肩膀上的烟袋锅子，美美地、瓷实地按了一锅子烟叶，用火柴点燃，他抽着烟，还不断咳嗽，偶尔瞪一下我们俩。堂妹胆子小，经不起如此静止的恐吓，眼泪"吧嗒、吧嗒"落下来。

待到日上头顶，村子里炊烟飘起。能听见大人喊孩子吃饭的声音。光头大叔把烟锅子在草地上"嘭、嘭、嘭"磕几下。然后把烟锅子又搭在肩膀上，这才起身，凶巴巴地吩咐我们，把摘来的豆角和青草装进篮子。

我们不敢忤逆他，还按最初的样子，豆角放在篮子底下，青草覆盖在豆角上边。光头大叔还是不说话，他一手拎堂妹的篮子，一手拎我的篮子，嘴里又凶巴巴地吐出两个字"走吧"。

我在心里咒骂光头大叔，这么凶、这么小气的人，活该打光棍，一辈子讨不到老婆。不就摘一点豆角吗？那么大一块地，我们摘的豆角连毛毛雨都算不上。为这点事儿，还要拎着我们的篮子找爹妈，回家肯定要挨打了。

从地里到村庄的距离很近，我和堂妹却像走了几十里，屁股已经有了麻酥酥的感觉。

走到村口，光头大叔忽然停下，害得我差点撞到他身上。盯着他油亮亮的脑袋，咬着嘴唇不吭声，眼睛里噙满泪水。

"这么重的篮子，能拎动吗？"光头大叔看着我们俩说。

我和堂妹莫名其妙地看着他。

"以后想吃豆角吭一声，我给你们摘，别再爬到地里了，看看你们俩压倒多少，正上浆呢？都压坏了，咋长？"光头大叔依旧瞪着眼珠子，那眼睛特别大。

我和堂妹低着头，手指绞着衣裳角，说不出话。

光头大叔又拿起他的烟袋锅子，瓷实地按一锅子烟，吸一口，咳一下。看着他的背影越来越远，直到被树荫遮住身子。我和堂妹用力拎起篮子，飞一般逃窜回家。

这件事的阴影还没有从心里完全消失的时候，光头大叔死了。说是拉到镇上医院检查了，咽喉癌。光头大叔没儿没女，他送葬的那天晚上，没有孝子哭，只有一盘响器，唢呐声声，哀乐阵阵。

自那次以后，我再也没有爬过豌豆秧。许多年以来，这件事一直藏在心里。偶尔走过故乡的地头，会想起那双瞪得很大的眼睛，也会想起那油亮油亮的脑袋，没有感觉害怕，反而有一缕温暖在心里流淌。

如今，豌豆不再稀罕吃了。街头小贩，篮子里装一筐，喊着卖。豌豆秧，一小撮，一小撮，那叶子很嫩，还带着花儿，买来炒菜吃。

我想看豌豆花了，便蹲在母亲的菜园子旁，搬个小凳子，看着蝶一样的花儿，在藤蔓上飞舞，心生美好。

「 执意远嫁 」

花的故乡在乡村，乡村四季都开花。想起花，那花便一株一株跃进脑海，促使我急急忙忙拿起笔，一点一滴记录。鸡冠花在她的院子里，好几株，开得特别好。

我喊她大姐。那年四个女孩在某一家工厂相遇，年龄相仿，思想接近，于是，效仿古人，拜了把子。她十几岁的时候就出门打工。待二十岁与几个女孩相识的时候，俨然是老江湖了，自从那天确定了姐妹之后，她便处处以大姐自居，照顾着另外三个不谙世事的小丫头。我是其中之一，排第三。

在乡村，女孩像花，开了花，就要嫁人。她出嫁那天，凌晨一点起来梳妆打扮。凌晨三点从家里走的时候，公鸡才打鸣。外边天黑乎乎一片，门口挂着一百瓦的灯泡，照路，刺目得很。

她抹着眼泪上了大汽车。我们看着远去的汽车尾灯，消失在视线中后，赶紧钻进被窝，打起呼噜，一觉睡到天亮。而她，穿大红嫁衣，要颠簸八九个小时才能到她的婆家。位于湖北省的一个小山村。据她给我们描述，那山里野猪很多，太阳要到上午十点以后才能看到。

我不止一次地想，得多高的山，能遮蔽太阳好几个小时。

她嫁了十几年后，我和四儿决定去看看她，当然顺带也想见见遮蔽太阳的大山，更想瞅瞅野猪出没的林木是啥样？我们早上七点从小城搭车，一路穿山过县，颠簸整整六个小时，终于下车了。她到县城接我们，拉着我们的手，很亲热，絮絮叨叨，说再有三十里，就到家了。

我和四儿带着好奇的眸子，和她一起坐上一辆面包车。在期待中，踏上最后三十里路。我用三个字"一线天"描述通向她家的那段路。

左右两边是高耸的大山，山上植被茂盛。在山中间底部有一条蜿蜒逶迤的路，那路好像没有尽头，直插远方。事实就如我想的那样。后来她说，那条路可以直接到河南。还好，国家惠民政策"村村通"的春风也刮到山里。路面虽然很窄，但是铺了水泥，很平整。我有"刘姥姥"进大观园的心情。

当然，她嫁过来的时候，这条路还是泥土路，她说那天做新嫁娘，路上左右耽搁，到婆家旁人都在呼儿唤女吃晚饭了，真是早晚两头不见太阳。

她家就在这段路的某一处，靠着路边建的一栋两层小楼。待下车，我和四儿便被惊喜填满。且不说楼房的新旧，院子的干净，就那院墙内外盛开的各种花卉，便让我们这两个所谓的"城里人"捂嘴惊叹。

时值初秋，菊才开，红的，黄的，白的，一大堆拥挤在一起。夜来香，像扇子一样在院子左右两旁。叫不出名字的，矮墩墩挨着地层的花，除了到堂屋的甬道，院墙、屋子、墙角密密匝匝。还有几盆辣椒秧，竟然结黄色的辣椒，高高地摆在屋前台阶上。

最惹人瞩目的是那几株特别霸气的"鸡冠花"。人把高的鸡冠花，在所有的花卉中高高挺立，头顶顶着一蓬紫红色的花，那花层层叠叠曲曲连连，形成鸡冠状，一蓬又一蓬。我蓦然惊诧于这灼热的火红，让人内心腾升一股对生活的挚爱之情。

宋代张埴诗曰:"墙东鸡冠树,倾艳为高红。旁出数十枝,犹欲助其雄。赪容夺朝日,桀气矜晚风。俨如斗胜归,欢昂出笯笼。"她家的鸡冠花就如诗中那样,红艳夺目,霸气凛然,于众多花卉之中,骄然而开。我沉浸于此,心生暖意。

她像花王一样,挨个介绍花的名字。也介绍她的家庭成员,女儿读初中,儿子读小学,应了一个"好"字。她先生包工,给人建房子,还买了一辆大卡车。楼房是前年建的,屋子多,人少,楼上一直空着。为了迎接我们的到来,特地买了新窗帘挂上。我望过去,二楼窗子内,紫红色的窗帘,和鸡冠花的颜色一样。

那次,在她家玩了两天,她带我们去挖黄黄苗,去山里摘野猕猴桃、山核桃,我用石头砸,都没有砸开。她还把我们领进菜园子,那里边长满应季的瓜果。稻米,她说专门种点自己家吃,是过去进贡给皇帝的米。我们吃了米饭,带着一股清醇的黏香。

她家门前有一条潺潺流动的小溪,河里有零零落落的大个头鹅卵石,水从石头上流过,那种剔透,瞬间美醉。脱了鞋子,任清水拂过脚,清凉凉的感觉沁人心脾。她说嫁过去十几年了,这泉水一直清澈着,和花一样,四季都美好。

临走之前,我特地向她要了一包鸡冠花的种子,回家种植。

第二年,我故乡的小院子里就长了几株比人还高的鸡冠花,开着大朵大朵的紫红色的花,红艳耀目,引来村里女人前来观赏,她们从我家捋了一些花种回家种植。

如今回乡,我看到多家门口开满了紫红色的鸡冠花,大蓬大蓬,层层叠叠。

「 头疼花，疼了谁 」

小时候，顽皮捣蛋，想要捉弄谁，便去采花，紫色的花，长在河畔，一兜一兜，一兜长好些枝条。它的花就长在枝条上，叶子颜色浅淡，少了苍劲的绿，一眼看去，全是花，一串一串的。

这样的花，折几枝，趁谁不注意，放在他（她）的鼻尖下，闻闻，一会儿工夫，准会头疼，最不济的也会觉得晕眩。在故乡，我们叫它"头疼花"。

因紫花让人头疼，所以，很少人碰它，一眼望去，紫花一片，倒也美得壮观。

村子里的郎中说："别看这花不招人待见，却是药材中的极品，治多种病。"

据说，当年，村子东头的八爷，咳嗽得厉害，从公社医院抓几服药吃都没有效果。村里人给说了土方子，去河畔捋一篮子头疼花，回来放大锅煮，沸腾后，兑了白糖喝，后来竟然好了。

有一天，在邻居大姑家玩，老太太牙疼，直哼哼。喊我妈去给她看，非要我妈用针把那牙齿扎扎，说是扎破了，冒冒血，就不疼了。我妈拿着针，看着老太太口腔里红赤赤一片，吓得不敢扎。

俗话说"牙疼不是病，疼起来真要命"。最后还是用土方子，把头疼花晒干碾末，擦牙止痛。

村子对面的坡上，住一老头，他吃力地攥着镰刀，把一兜一兜的头疼花割掉，最后用那双攥不住篮子的手，艰难地拢成堆。

他有家，有孩子，却像个孤家寡人住在山上，屋子破败，挡不住风，大堆的头疼花枝条，捆成小捆，被码得整整齐齐，像墙壁一样矗立在房子四周。放羊放牛的伙伴说他是个"怪人"。谁也不愿意靠近那几间房子。

那年，我在寨坡上割草，背篓装得太满，一个人起不来。周围也没有一个人。正一筹莫展时，他来了，手里还是攥着那把镰刀。一只胳膊挎篮子，里边装的依旧是头疼花枝条，那时候花已经快败了，枝条上稀稀落落几朵花。我寻思，他真就是个怪人，也不怕闻了头疼。

"你是谁家的孩子，你爹叫啥名？"他没有先扶我起来，开始查户口。

我用眼睛缝里的余光，瞅他一眼，又赶紧低下头。报出了爹和我的名字。他像是自言自语又像是对我说："那你得喊我哥哥。"

这么大年纪，还那么丑，那种丑令我恐惧。我不敢喊他哥哥，也不敢再抬头看他的脸，那凸出的眼睛似乎要掉出来；还有那没有鼻子的脸，两个隧道一样的鼻孔放在上边，我害怕极了。

他没有再问什么，让我站起来，两只严重畸形的手拉起背篓后底部，在他的托扶下，我背起了背篓。

后来，我知道了，他原本是个长得非常帅气的男人。1958年建设丹江大坝，河南和湖北两省，十万大军汇集丹江口。就在大坝快要建成之际，一个晚上，一个民工点灯捉虱子，结果不小心碰倒煤油灯。一场惊天大火顺势蔓延，民工的宿舍全部是茅屋、油毛毡，都是易燃之物。那个晚上，风特别大，火势猛烈得无人敢靠近。

许多民工在睡梦中葬身火海。有些人带着浑身火苗，跳进冰冷的池塘，他就是其中之一。虽然保住了命，却毁了容，面部狰狞得让人不敢直视。至于身上的伤是什么样子，他从来没有穿过短袖，不得而知。

再后来，我去山坡上割草，特地去他的土坯茅屋附近。他屋子前边是个菜园子，有意思的是篱笆不是木柴绑的，而是一圈子头疼花，那花长得很壮实，比河畔的要高大许多。紫色的花长长一溜，挨着紫花的地方，搭一棚架，那上边爬满藤蔓，丝丝搅搅的瓜秧子，带着生命的翠绿。

他朝我笑，问你不怕我。我点点头，又摇摇头。

他说："头疼花好啊，闻着晕晕的，头疼一会儿，便没有多余的想法，有了这些花，鸡鸭鹅也不朝菜园子挤，菜也少被糟蹋，多好。"

我上中学的时候，离开故乡，不再去山坡割草，那个屋子就成了记忆。而后，他死了，抬回村里，埋在村子后边的地里，刚好挨着地埂。

故乡的地埂上，头疼花也多得很，现在我知道，那花的学名叫"儿草"。

「 庭院开满凌霄花 」

初识凌霄花，源自舒婷的《致橡树》，我如果爱你／绝不像攀援的凌霄花／借你的高枝炫耀自己……因为一首诗，我直观地以为，凌霄花，是没有骨头的，是经不起风吹雨打的弱小，直到我看到那满院子的花。

那年带儿子去书法老师的培训班报名。那是坐落在山城的一家小院子，坐北朝南，日照充足，刚走到院子外边便看到伸出墙外的花朵，橘红色，像喇叭一样，无论花枝低垂还是高翘，花朵的喇叭头都仰天张望着。

进了院子，更是令我惊叹。暗赞，好一个温馨美丽的小院子。且不说院子里其他的花卉，就这橘红的喇叭花，也被收拾得玲珑精致。花的枝条是藤，那藤被绑在竹竿上，缠缠绕绕，那花便一圈一圈，如此几架，然后蔓延上墙，飞落到院子外边，零落几朵，像是多余的，又像是故意，散落的。

院内的风景，让我没有多做任何考虑，直接给孩子报了书法班。我以为，从这院子里的花便能看出老师的处世态度，能把花儿收拾得这么安静，对孩子肯定是放在心尖上的。

此时，我也知道了那花叫"凌霄花"。我惊讶，原来这种翘着喇叭头的花，就是舒婷笔下的攀援花，借着别人显摆的花。

凌霄花的花语是"敬佩、声誉"，寓意着慈母之爱。我想，能在院子里种满母爱，这该是多么温馨的细节。事实就像我想的那样，书法老师教出来的学生，小小年纪获大奖的就很多，我家孩子也曾经拿过全国大奖。

时间久了，我对书法老师有了深层的了解。书法老师夫妻俩都是育人的教师，一个教中专，一个教小学。女老师热爱书法，便在家里办了书法班，这一办就是三十多年，男老师多年如一日操持家务，是女老师坚实的后盾。

书法老师家花多，四季都长了颜色，斑斓无比。

她说，原有一长女，出生的时候缺氧，几十厘米后再也不曾长高，唯一能做的便是延缓生命。她说女儿特别喜欢花儿，可是因为自身原因，不敢走出院子，也走不出院子。为了让孩子满足看花的心愿，男老师便寻来各种花栽到院子里。

久而久之，院子里就有满满当当的花了。春来时，院子里的花开得纷纷扬扬、热热闹闹，女孩坐在婴儿坐的推车上，被花丛簇拥着。凌霄花是女孩喜欢的一种花，她说，那花瓣仰着头看天，和她一样。那花能爬过院墙，她也想走出院墙。书法老师说这些的时候，眼里含着泪花……

她说，女儿很听话，她教学生的时候，女儿就安静地待在一边，从不闹她。有时候，她恨自己，怎么会把孩子生成这个样子。在教学生时，她能真切地感受到女儿那渴望的眼神。为了满足女儿，她就耐心地一字一字教，女儿心灵手巧，书法写得很好，拿出去旁人都不敢相信，那字是身高几十厘米的女孩写的。

女孩在二十四岁的时候，去了。那时，凌霄花开得正香，她静悄悄地走了……

　　我常常站在他们家的院子外边来来回回地走着，看着花，会想那个仰头看天的女孩。时隔几年后，男老师也走了，食道癌晚期。

　　前几日去老师家，院子里的花盆少了许多，一下子显得很空旷，我有片刻的不适应。

　　看到我惊诧的表情，她说，二女儿一家人去市区住了。如今院子里就她和老母亲两个人，有这么多的学生要教，实在是没有精力打理那些花花草草，只留下一架凌霄花，给学书法的孩子们下课看看，有花的地方，总是美丽的。说到学生，她的眼睛里全是亮晶晶的光。

　　我看着院子里台阶前的几盆绿色，和那一架攀援的凌霄花，心里莫名地悸动。

　　院子里，每到周六周日，百十个孩子看着满藤的凌霄花，握着笔，蘸着墨，他们写"上有黄庭，下有关元，前有幽阙，后有命门，嘘吸庐外，出入丹田……"

「 关于枣事 」

拐枣，多么稀罕人的名字。第一次看到它是在一个微信群里。大秦哥显摆，把它拍成照片。最后写一句话，拐枣，谁要。

他把拐枣和红彤彤的柿子放在一起拍照，这两个物件便形成鲜明的对比。一个曲曲连连，分不清哪里是头哪里是脚。一个光溜溜、滑嫩嫩犹如孩童肌肤。

我对看不清楚头尾的拐枣感兴趣。并且一再追问，这东西是甜还是酸。一个网友说，拐枣像是坏红薯的味道。当时，我一愣，忽然就想到了荔枝。因为第一次吃荔枝，我吃出的也是坏红薯的味道。

后来查看资料，两者没有任何关系，是我异想天开把一种贵妃喜欢的物件折腾到深山了。这就像是贵族和山野村夫，一个高高在上，一个低入尘埃。

一整天脑子里尽琢磨拐枣了。产生许多幻想，渴望眼前有一个拐枣，让我把玩一阵，不吃，就看看。越想心越痒痒。最后抱着试试看的侥幸心理，百度一下，于是，有关拐枣的图片和说明铺天盖地迎面而来。

这倒是"踏破铁鞋无觅处，得来全不费工夫"了。也有点是"只缘身在小县城，不识拐枣真面目"。

拐枣，学名枳椇，是枳椇属鼠李科植物，又名鸡爪树、鸡爪果、鸡脚爪、万字果、万寿果、桔扭子、鸡爪梨等。这其中的万寿果名字，据说是靠它自己曲里拐弯的形状似一个"万"字而得名。并不是说它有长寿功效。

不过，它的药用价值确实不小，树皮、叶、根、果实、种子均可药用。树皮主治腓肠肌痉挛，小儿积食等；叶是止渴解燥的佳品；果实，种子为清凉利尿药，还可以解酒毒等。

资料显示，拐枣树是地球上最古老的果树之一，在地球上存在有500万—1000万年。中国古代文学作品《诗经·小雅》就有"南山有枸"的诗句。"南山"指秦岭，"枸"就是拐枣树。《陆蔬》上说："枸树山木，高大如白杨，子着枝端，长数寸，八九月熟，食之甘美如饴。"拐枣做中药还有一个雅名："枳椇子"。有清热、利尿、解酒毒之功效。它还可以制成拐枣酒，用于风湿麻痹的治疗。

心里似乎通透了。不是拐枣稀罕，而是我见识短浅。

网上看到一个故事，一个学生送老师一些拐枣。老师津津有味吃拐枣，让全班学生即兴发挥。如此一来，往日不见的优美成语从学生的口中犹如泉涌。其中一些孩子拿着拐枣舍不得吃。说是要拿回家给爷爷奶奶，因为听说是长寿果，以为可以增寿……

老师瞬间被一群小朋友感动。

这世上，稀罕的东西很多，唯一不变的是情意，拐枣不贵，贵的是孩子们纯洁的心。正如学生送老师拐枣，老师又把拐枣转送更多的学生。这些虽然细小，但是一切有情的东西都是无价的。

那时候，我们在丹江岸边求生活，水多山少，缺吃少穿，也缺柴烧，日子过得朴素薄凉。

从我记事起，每到冬天，大雪纷飞之时。父亲山里的朋友，便会用大木船运一船柴火过来，那些硬柴最大的可做房梁，最小的是灌木。那船硬柴不是一家的，而是一个村子的人凑的，一家几捆合在一起。就像是不谋而合，他们说山外冷了，老张家缺柴烤火。

每一年，都有这样的一船柴火越过丹江河。我家土坯房子的门旮旯，因为烤火而烧得黑咕隆咚。如今想起，心里依旧温暖，一种感激之情油然而生。那些淳朴的山里人，因为来山外办事，得到父亲援助，时常借住我家。而他们表达谢意的方法便是一船一船的硬柴。

此刻，我感觉父亲的那些朋友多像拐枣，虽然在深山，但是他们用自己的方式把友情释放，把温度散发在每一个寒冷的冬天，雪中送炭，便是如此了。他们填满我儿时的记忆，心底生香，感动蔓延在漫长的岁月中。

拐枣长在深山，于海拔 2100 米以下的开旷地、山坡林缘或疏林中。拐枣适应环境能力较强，抗旱，耐寒，又耐较瘠薄的土壤。它喜欢阳光，沟谷、溪边、路旁或较潮湿的山坡丘陵。

这些，又让我想起儿时的我们，在大自然的怀抱里，无拘无束地生长，尽管生活困难，物质贫乏。但这并不影响我们对未来的追求，对美的事物的感观。逆境中成长，磨炼出坚韧的性格，胸怀如丹江般宽阔。

在年复一年的光景里，努力奋斗，不靠天，不靠地，不靠父母，在人生路上走过一道又一道湾，蹚过一条又一条河，就像拐枣，曲曲连连的人生。

"不经一番寒彻骨，怎得梅花扑鼻香。"唐代黄檗禅师说。

"长风破浪会有时，直挂云帆济沧海。"大诗人李白说。

古人的笔下，总有大气恢宏的激荡情怀，他们亦是经历了许多沧桑之后发出的感慨。

　　我想，在人生这条路上，我辈当不拘小节，乘风破浪而行，管他魑魅魍魉作怪，只要坚守自心，不忘初心，定能守得云开见月明。正如拐枣，即便身在深山，照样把清香余留。

「 拥抱秋色 」

天气极好，爽朗朗的太阳挂在高空，温热透过树梢，摸进地面，我的身上便爬上一缕一缕焦黄的暖。

单位的花圃依然青绿，矮矮的黄花俏然绽放，低低的兰草花挨着地面。几株月季霸气十足地伫立在兰草旁，顶几朵浅色的花，粉、白、淡紫，看一眼，满满喜爱。

高大的香橼树，挂满黄灿灿的果子，风吹，香气便飘满院子。各个楼层的办公室都清新得不得了。我捡几个果子放在电脑边上，每时每刻都有香气透入鼻孔，而后浸入心脾。

沿着院子里清洁的道路，绕一圈，嗅到一些香。再绕一圈，又嗅到一些。

生命多么美好，每天有花看，有香闻，我认真地看它们，记住它们的模样，舍不得浪费一点。

我在满院的草木之香中写文，看朋友写的"多事之秋"。忽然就想起了刘禹锡的"自古逢秋悲寂寥，我言秋日胜春朝。晴空一鹤排云上，便引诗情到碧霄"。多美的意境，我喜欢这样的秋日，也希望醉在秋色中，吟一首长词，歌一曲乐赋。

这个秋天，的确发生了很多事，网络铺天盖地，很多消息都钻进视线。事实上每个秋天都在发生一些事，只是从前没有这么发达的网络，而今自媒体发达，哪怕天涯海角，传递也是瞬间的事儿。

在我想来，从前的秋天或许更加萧索，只是驿道瘦长，战马疲倦，古道黄沙淹没了风云，淡薄了世态炎凉。千百年来，每个秋天都不是寂寞的，岁月流逝，和飘零的叶子一样，化为尘埃。

时间是个奇怪的东西，它催促植物花开花落，也催促生命不断凋谢，身居其中，亦是规则使然。我遵循，所以便快乐。

儿时的伙伴发来信息，说要从远方归家，想要和旧日同学聚聚，我像只学舌的八哥，把她的心意传递给曾经一起读书的女孩们，时光荏苒，二十多年过去了，曾经的小小姑娘，如今成了臃肿的女人，我哑然一笑，又嗅了一口香，欢喜赴约。

回家的时候，我再次俯在那些花朵上边，一朵一朵看过去，黄花依旧黄，红花依然红，我还嗅到桂花的香，尽管桂花小得细碎，那香却传播得极远，没有一点私心。

思来想去，我终究是爱极了这秋的，爱它天高云淡，爱它空山清新，哪怕是多事之秋，我也爱。

「 散落一地温柔 」

他们两个走在斑马线上，小碎步移动。原本亮着的绿灯因他们的慢动作，变红了，他似乎没有看见，依旧小碎步，不紧不慢，朝马路对面走。几米的距离，他们走了三十秒还没有到达。

身边的那个人问他："到了吗？"

他低头看她，小声说："快了。"

那个人挽着他的胳膊，身子比他矮了一大截。他必须要侧弯着腰才能把右胳膊低垂些，让她能用力挽着。他歪着头，听她嘴里絮絮叨叨，含糊不清地说些什么。

她老迈，矮小，沧桑得如同冬日的落叶，斑驳枯败，眼睛浑浊，努力睁开，也仅仅是一条缝。她拄着拐杖，两只脚看似挨着地，却是挪着走，半拉身体靠在他身上。

他穿一身交警制服，外边套一件黄色的衣服，那是交警独有的服饰。头戴大檐警帽，警徽在额头，阳光下，熠熠生辉。他抿着嘴，噙一丝笑意，青春洋溢，脸消瘦，有一种骨感的俊，隐在其中。

这个午后，我在斑马线上一头，看一老一少。他的胳膊挽着她的胳膊，挽扶着走。阳光，散落在他们身上，刻画成章，落地成画。影子，一再拉长。他黄灿灿的衣服，像一朵花，开在街头，像一片花，在我心里铺开。

这种花，太多，漫山遍野，沟沟坎坎，有土的地方，基本都能看见它的影子。三瓣叶子，像浮萍，却低矮地长在陆地上。密密匝匝的草儿，分不清东南西北，晕头晕脑挨在一起，挤着长，扎堆长，没有规则，毫无韵律。春风一吹，呼啦啦、呼啦啦露出地面。然后，便你争我抢，在土地上赛跑。稍微长高一点，被乡村的人用镰刀割，一背篓，一背篓，背回家，倒进牛槽，成了供养牲口的食粮。

"野火烧不尽，春风吹又生。"我想，形容它，也是恰如其分的。它的花零散、细碎，粉末般，黄色的，有小指甲那么大，铺天盖地，毫无顾忌地撒满山坡和沟坎。

它有个大俗大雅的名字，叫"苜蓿"。

这花长得没有任何新意，不招人待见，除了喂牲口外，对乡村的人来说，再没有用处。

于是，它被丢弃了，山涧，田埂，地头，旮旮旯旯，随意地长。割一茬，发一茬，它皮实地长，最后实在没人管它了，便兀自开花，一朵一朵的花，黄灿灿一层，黄地毯一般，把乡村的角角落落点缀。

这一刻，街头交警，像乡下的苜蓿花一样，蹦进脑海。两者重合，在心里长出故事。

交警，散落在各个路口，有人的地方，他们就存在，无论严寒，不分酷暑，春夏秋冬，三百六十五天，随时随地能看见他们的身影。

他们在街头，或站立，或摆手，或搀扶老人，或怀抱幼童，或手指指向远方，不厌其烦地为问路的指引方向。他们敲响一辆又一辆车，一个又一个车主，脸红脖子粗地和他们争执什么？

因为严查酒驾，总有张三李四，嘴里骂着脏话，指责他们的"污迹"，一云云，二云云，真真是有些罄竹难书了。

交警和司机，在阡陌纵横的红尘，两者的存在并不矛盾。交警正常地查酒驾，遏制了司机喝一口酒的快感。于是，交警就成了司机苦大仇深的敌人。

街头交警，在酷暑、严寒、风雨、雷电、雪霜之下，日复一日重复一个动作。不图名，不图利，不因怒骂而停止脚步，他们为了千家万户的幸福，不忘初心，始终坚守。这种品德多么高尚，不值得我们歌颂吗？

酒席散了，走到十字路口，映入眼帘的，恰好是年轻交警搀扶老人过马路的一幕。

黄色的交警服饰，和乡村满坡的黄花，交织在一起。满地绿叶挂满黄色的花，铺成满满当当的幸福，我的心，立刻温暖。

这世上，有些人，他丰盛了那些接受他的人。那些人，给他理解和尊重，他亦给予他们温暖和帮助。而那些不接受他的人，他亦不会给予他们贫瘠，他会礼貌和谦和，让他们无处可逃。

他们在街头站立的那一刻，便把使命牢记心间；他们戴上警徽的一刹那，便注定了一种永恒。

他们站在警亭中看红尘，车流如水；他们站在马路上看海洋，波涛汹涌也会变得平静无波；他们是开满街头的花，抚摸走过的每一个过客。

「 山的路，我走过 」

午后，稍有闲暇，我去山上走走。一边欣赏路边茂密的植被，一边享受秋日的暖阳。

尽管山道弯弯，但是路基挂了水泥，很平整。路旁有附近村民开辟的菜园子，围了高高的篱笆墙，爬满丝瓜藤蔓，稀疏的丝瓜花不断提醒，这是秋天了。三五朵紫红色的牵牛花好像要抓住季节的尾巴，俯身在丝瓜秧中努力地绽放自我。

喜欢山，打小就喜欢。虽然生活的豫西南是山区，但是巧的是故乡却没有山，是豫西南为数不多的平地之一。记忆中第一次爬山，是十来岁的时候，跟随父亲朋友的女儿一起，去了百里之外的南山，那次真的是山外来客了。

那山，确实是高耸入云，陡峭巍峨，树木巨大，植被浓密。山里的姐姐拉着我，翻山越岭，在丛林深处寻寻觅觅。她们挖黄连，割草药，很多从来没有见过的枝枝蔓蔓被她们装进背篓，说是药材，晒干能卖钱。

那时候觉得山里的人特能干，她们爬山都不喘粗气。不像我走三步，就想歇一会儿。沉重的背篓在她们背上似乎轻飘飘的，我艳羡她们能给自己挣学费，打心眼里敬佩她们。

后来，自己登山的机会越来越多，山在眼里，也不再是高不可攀了，把登山当作旅行，优雅且浪漫，还有些许温馨隐匿其中。

就像现在，闲庭信步，仰望山顶，欣然而上。

山上植被多，各种树木葱葱郁郁，不少树木已经染上黄色和红色，万绿丛中像是染了颜料的水彩。红枫，银杏，特别亮眼；绿色的是野生的低矮的灌木；山枣已经被捷足先登的人摘光了，唯有叶子黄绿着。几株山楂散落其中，空落落伫立在山上，作为对游客的迎来送往。

山风丰腴，拂过发丝，气息绵长地吹了一遍又一遍，吹落一片又一片落叶。山，很静谧。小虫子啾啾的叫声，巧妙地钻进耳朵，让这段登山的历程不再寂寞。

旁边村子一家人正在摆酒席，站在高处，恰好看到院子里欢腾的景象，一对新人穿戴喜庆，大红的古典嫁衣掩映在白绿相间的院落中，吃酒的客人吆五喝六，笑点频频。乡村流动舞台，音乐高亢，节奏涌流，幸福的音符通过风，吹向四面八方。

我坐在一棵树荫下，脚踩着自己的影子。阳光从树叶的缝隙钻下来，一群蚂蚁在努力赶路，拖着沉重的物资，朝不远处的巢穴而去。我追赶着蚂蚁的脚步，感受它们运粮的快乐。

我心里突然涌出一个词，幸福，是啊，这就是幸福。一条山道，一个人，一群蚂蚁，在午后组成一幅生活的场景，看过日子的喜乐年华，还有比这更有意义的吗？

当老师的朋友发来信息，说心有点乱，些许慌慌的，教学多年忽然就找不到自己了。我能理解朋友，但是又不想多劝什么，每个人都有自己的人生，思想不同，路便不同，理性看待问题，做自己，岂不是最好。

　　于我们而言，生活就像一座山，脚踩上去，定会有一条路。放弃一切无谓的纠缠、不甘和失落，明天又是崭新的一天。

第三辑 ／ 村庄有绿

「 开在心尖的花 」

一

母亲从广场回来，带着外边的风尘，她拍了拍身上的浮灰，摸了摸头上的帽子，扭头问我："公园那边有不要钱吃早饭的饭店？"

我"嗯"了声，我问："您咋知道？"

"广场上一起玩的老太婆说的哩！"

"您想去吃？"

"不去，就是问问你，有这么好的人？"

母亲的话像石头一样，"扑通"地砸进我的心里。

"这么好的人？"我重复了一遍，又重复了一遍。

"好人"这个词，母亲今年说过两次了。

上次，广场上唱大戏，演员化得俏丽无比，搭建舞台的帷幕五颜六色。母亲爱看戏、爱听戏，我本是陪着去看戏的，因一点事找朋友去了，结果等我去接她的时候，已经曲终人散了。

母亲看完戏随着人流走了，她以为，这样回家是对的，却没有想到，离家越来越远了。

我沿着家到广场的方向，一遍一遍地找。许久，没有她的踪影。电话中提示关机的女声，让我感到害怕，眼泪吧嗒、吧嗒流着。哥一家，我一家，大大小小齐出动。

接到警察打来的电话，哥开车飞快，去几里外接母亲。

母亲脑梗后癔症了，散戏后，她跟着人流，一直走，她说回家的路咋那么长？直到累得走不动，终于感觉不对劲，几分钟就能回家的路程，让她气喘吁吁，还找不到家。

母亲拿起电话，却发现手机没电了，她举目四望，所有的建筑都不是家旁边的样子。

她问路人，一个年轻的小伙子，她喊人家"大哥"，说小时候外公教她，问路要礼貌，女的喊大姐，男的喊大哥，不管年纪多大，都要这么喊，她就记在了心里。

母亲报我家先生的电话，可是，一个数字报错了，打不通。

母亲没有办法了，她坐在路边的台阶上，不知道该何去何从，天已经黑了。

小伙子从母亲那里问不到有用的信息后，直接打110，报出了我三哥的名字，然后陪着我母亲在路边等。

几分钟后，三哥出现在母亲眼前。母亲说，多亏了这位"大哥"，他真是个大好人啊！

三哥拿出了两张钱表示感谢，小伙子摇手拒绝，潇洒离去了。

"好人……好人……"从六七十岁的老人嘴里说出来，那该是好到极致的人，才能在她的心尖上开出一朵花来，焐热她颠簸红尘的心……

二

她在小城上班，先生在百里外的市区做生意。小女儿生下来后，查出有先天性心脏病，说要到两岁后才能动手术。她带着女儿，一个人在小城漂泊。上班，家里，像一只迷茫的鸟，不知该怎么飞翔。

她把孩子抱到奶奶家的时候，奶奶正好烧开水，晾在干净的杯子里。接过她怀中的孩子，奶奶的脸上乐成了一朵花。

奶奶说："提前把开水晾温，免得她抱孩子来了，水太烫，没法给孩子冲奶粉。"

她的眼睛在那一霎，湿润了……

她一共抚养三个孩子，大的读初中，小的读小学。意外怀上了老三，她的意思已经有了一儿一女，这个孩子就狠狠心放弃吧。谁知道，先生和婆婆都不愿意，说不就多一个娃吗？无非多一个碗，多一张口，有啥难的，生了吧！

她无奈，为了家庭和谐，违背着自己的意愿，把老三带到了世上。也许因为孕期心情不好，也或者是其他因素。孩子出生后，总在生病，检查后确诊为先天性心脏病，要大一点免疫力强了才能动手术。

这个意外的打击，把她脆弱的心撕疼了。抱着女儿，欲哭无泪。从此，她医院、单位、家里，抱着孩子三点一线。有时候单位忙，她把孩子放在推车上，在办公室忙。这样的日子，一过就是大半年。

曾经她把孩子抱到婆婆面前，希望她能帮一把。

婆婆接过孩子不到五分钟又递给她，说这孩子身子弱成这样，还是你自己养吧，我伺候不了。她噙着泪水带着孩子回到小城。看着挂在墙上母亲的遗像，哭得稀里哗啦。当年大女儿和二儿子，似乎也是这样的情景，第三次情景再现，她咬着牙，再也不想说什么。

保姆奶奶是以前的同事帮忙找的。六十多岁的老人，身体健硕，面相和善，衣服不新，却很朴素。三居室屋子收拾得干干净净的，地板擦得明明晃晃的，可耀人影。屋内几样简单的家具，摆放整齐。

奶奶说："不嫌弃的话，就把孩子放下吧，我会当成自己的孙女养。"说完指着身边的一大一小两个孩子说："这是孙女和孙子，都是断奶后就抱过来，这一带，就是十几年。"

她笑着把孩子递给了奶奶，看着她把奶瓶放进孩子嘴里，听着孩子咕咚咕咚喝奶的声音，她放心地离去了。

这一带，就是两年。这期间，孩子身体出奇地好，极少生病。每次看到奶奶，她都不知道该说什么好，看着奶奶那花白的头发，如同开在心尖的花……

三

闺密晒十八岁照片，三张照片，三个样子，其中一张，脸上抹着淡淡的粉，嘴唇点了淡淡的口红，一副小女人的可人模样。

闺密模样俊俏，身材姣好，四十岁的女人，长着三十岁的样子，她笑得灿烂，神采飞扬。

当年遇见闺密，源于一次意外，那时候我还沉浸在一场小小的失恋中，天天带着伤春悲秋的样子，把少女恰识愁滋味扮演得惟妙惟肖。恨不得和谁都吵上一架，以发泄自己的不满。

那个小小的工厂里，和她相遇，她摇动着黑黝黝的短发，像一只刺猾，不容许任何人靠近。清高自傲，大家都那么说她。

我自觉不然，迈着阔步，站在了她宿舍的门口。她抬头，一脸笑意地热情欢迎我，进屋子后，她点燃了墙角的那个煤油炉，用一把织地毯用的小刀切菜，做一锅饭给我吃。这样的剧情，对于我这样闹事的女匪来说，出乎剧情之外。

吃人家的嘴短，为了报答那一饭之恩，成了她的铁杆姐妹。

光阴抬抬头，过去几十年。在这期间，无论大事小事，闺密总是第一个出现在眼前，或哭，或吼，或吵，或闹，或发泄，我就像丫鬟一样听她唠叨，结束之后，去择菜做饭。一顿饭之后，所有的事情都被抛到九霄云外了。

那天，和先生吵架，这次事大，有去民政局的节奏。闺密知道后，一个电话就把先生喊去了，不知道他们具体说了什么。总之，先生回来后，坚持不去民政局，这事儿又被压下去了。为此，我恨闺密，气冲冲地去找她。

她挤鼻子弄眼儿，也不哄我，直接说："你不是爱逛街买衣服吗？走吧，今天刚好有空！"

我狠狠地瞪眼。

她说："大不了我刷卡！"

"这还差不多……"我噘着嘴巴嘀咕着。

闺密拉着我的手，塞进她的胳膊里。挽着她的胳膊逛街，似乎成了习惯。我望着她，竟然不知道该怎么称呼，究竟我是她的姐，还是她是我的姐。颠倒顺序太多年了，真是无法改变。

"相识满天下，知心能几人。"和闺密的情谊是几世的修行，才换来今生缘分的相聚。在蓝天下，在大地上，我们手挽着手，撒着一串的笑声，她就是开在我心尖上的那朵花儿。

「 蜀葵话经年 」

花太多，朵挤着朵，挤满一两米高的秆子，叶子大，像蒲扇，从下到上，依次减小。

在乡下，它贱生贱长，不施肥，不浇水，不拔草，种子沾土，便能发芽。第二年，那根还能再长出新芽。它像两栖物，种子，根，都能发芽，随之开花，再结果，然后年年如此。

太多了，便散养着，高速路边，国道旁，经常看到它们的影子。

我叫它"麻秆花"。这名字，很土气，带着乡村味道，越发的土气。和我故乡的亲人一样，浑身带着土腥味。二奶奶菜园子入口处，长一溜，像篱笆一般挡住了捣乱的鸡鸭，棵棵高耸，花朵锦绣，光红色就分浅红、深红、紫红，还有白色的，半拉菜园外边都是花。花蕊碎的像絮絮，轻轻碰一下，便纷纷，落手上。

我以为老太太喜欢麻秆花，后来才知道，她采了花，说是留着预防，万一谁家女人虚了，熬点喝喝，能治病。村里女人来她这里找花习惯了，她也年年收集成习惯。

二奶奶九十高寿去了。她一辈子活得有功劳，养六子一女，在村里，屈指可数，出名的能干，年轻时候，地里活一把好手，一双没有裹的大脚，走遍村子的旮旮旯旯，用她自己的话说，走路都能扇起一阵风。

她用一双大脚走路，用一双大手种庄稼，艰苦的日子里走过来。而且在他们那一个阶层中，其他人家都不如她过得好。三爷说他穿着我二奶奶做的鞋子，吃着她做的饭长大，说她是个了不起的老太太，值得任何人尊敬。

我的印象里，二奶奶就是个老婆婆，一直到生命的最后时刻，还是那样子。

在故乡，二奶奶住两间水泥砖修的房子，屋顶石棉瓦。挨着山墙搭一间厨房，厨房门前有一棵懋构树，树下经常坐着五六个老太太。按照叔叔们的意思，让她轮着住，一家住一月，半年就过去了，多新鲜。

二奶奶不愿意，坚持自己住。她对我说，娃，咱老了，不干净，不能给人家添麻烦。再说，十个指头伸出来有长有短，自己孩子多包涵，媳妇就两说了，你说我想得对不对。她牙齿掉得只剩下一颗，说话漏风，吐字不清晰。她说啥时候躺到床上起不来了，再轮着住吧，那时候她想管也管不了了。

二奶奶脾气倔，性子强。搬迁到移民新村，她没有房子，为了能一个人住，非要卷席子去村子后边的菜地搭帐篷。

几个叔叔好说歹说，最后住在小叔家的后院里。小叔给她盖了一间平房，修了一个单独的灶台，摆了一张床。我给她送去一个电饭锅，一个电磁炉，算是乔迁新居了。

平房挨着后门，她便整天坐在后门边。她把盖房子挖出来的土，一筐一筐移到后门外边，很窄的地方，愣是给她开辟出几平方的菜园。栽了几排韭菜，点了几架豆角，更有意思的是又长出一棵"麻秆花"。

她说花种是搬迁以前捋的，生怕霉了不发芽，没想到，这花命贱，随便一扔，又扑棱扑棱开花了，一棵也好，明年就一堆了。

　　二奶奶的后门边，麻秆花旁，依旧经常看到好几个昏昏欲睡的老太太，她们絮絮叨叨，口齿不清晰，谁也听不懂她们说什么，但是，谁也不妨碍她们，就像那花一样，虽然贱生贱长，但是生命力顽强得让人佩服。

　　想起二奶奶的麻秆花，去查资料，这才知道，它竟然有那么多好听的名字，果木花、木槿花、熟季花、秫秸花、端午花、大秫花……"蜀葵花"是其中一种，更令我惊奇的是，《草木记》称它为"一丈红"。这个名字让我联想到麻秆花长长的秆子，那秆子上结满红红的花，可不是有丈把长嘛！

　　"昨日一花开，今日一花开。今日花正好，昨日花已老。始知人老不如花，可惜落花君莫扫。人生不得长少年，莫惜床头沽酒钱。请君有钱向酒家，君不见，蜀葵花。"读着岑参七言歌行，我想过世的二奶奶，也想她种的那些麻秆花。

「 村庄有绿 」

"清明吃榆钱，谷雨吃豆角。"榆钱儿在春天的和风中，被催促着挂上枝头。

小区边，有一棵老迈的榆树，很大，每次走过它旁边，都会情不自禁，抬头看一眼。就像看到了久远的从前。

榆钱儿开花早，它和其他的花儿打着反调，先开花，后长叶子。我对它有一种特殊的迷恋，看到榆钱儿，便会想到家，想到那个已经湮没在岁月长河中的故乡。

以前，每当榆钱开花的时候，就回家，吃榆钱儿。只要走进村口，就能看到榆钱儿，一簇簇的榆钱儿拥在一起，铜钱般的榆钱儿密密集集，层层叠叠。一簇一簇长在细长的枝条上，绿，绿得眼睛都绿了，翠生生的绿中带有一些鹅黄，晶莹透明。

春天是个美丽的季节，但也是个青黄不接的季节。麦子没熟，瓜果才种上，而最早能吃的，也就是榆钱儿了。

小时候，刚过完年，就开始往树上看，进入农历三月，"榆叶抛钱柳展眉，隔墙榆叶散青钱。"一簇簇的榆钱儿便金灿灿地开了，圆圆的薄薄的榆钱儿，成堆儿挤在一起。

榆钱儿开的时候，孩子们最开心，男孩子们挎上篮子，带上草绳，来到榆树下，把绳子系在腰间，双手抱着粗大的榆树，赤着双脚，"哧溜、哧溜"几下，就爬到了榆树的分杈上。

近水楼台先得月，那些个自私的男孩子，总是自己先将一把嫩嫩的、绿绿的榆钱儿塞进嘴里，还不停地让我们这些爬不上树的女孩子说好话儿。嚷着喊着让我们叫哥哥，叫哥哥。不叫就不给折榆钱儿枝扔下来，急得我们这些小女子围着榆树团团转，小嘴甜得腻人，哥长哥短地喊啊叫啊，清脆的音儿把大柳树上的喜鹊都震出了巢穴。

哥们乐哎，丫头们乐哎。榆钱儿真好吃哎，捋一把塞进嘴里，绿绿的甜，沁入心脾，那个美味哎，香甜一个春天。

每当榆钱儿开的时候，全村家家都会吃榆钱儿饭。我们家门口有好几棵大榆树，榆钱儿开了，兄长们都会率先爬上树，一篮一篮地捋榆钱儿。

那时候，母亲最爱做榆钱儿饭，先把榆钱儿放在盆里，用水淘一遍，然后把淘净的、绿莹莹的榆钱儿拌上少量面粉，加点食盐，放在笼里蒸。母亲在锅灶烧火的时候，我们兄妹几个，伸长脑袋围在蒸笼边上，"呼哧、呼哧"抽着鼻子闻，闻从蒸笼里散发出的榆钱儿味。

待蒸笼大冒气的时候，榆钱儿就蒸熟了，母亲端开蒸笼，把冒着烟的榆钱儿盛在碗里，用筷子插进装着香油的瓶子里，蘸一下，筷子上就会滴下几滴香油，母亲的眼神看起来那么幸福，她嘴角的微笑那么平静。我一直认为，筷子蘸香油，是个很神圣的动作。

每个孩子，都是同样的方式，这样的程序，母亲要操作好几次。

碗里的榆钱儿饭冒着热气。香油的味道直入肺腑。榆钱儿饭，甜丝丝地透着淡淡的咸。兄长们端起碗，狼吞虎咽，争着抢着吃，生怕吃得慢一点，锅里就没有了。

母亲看着我们的狼狈吃相，总是笑着说慢点、慢点，锅里多着呢。

兄长们总会看着我，露出坏坏的笑。那会儿我才知道，兄长们都是故意装出抢吃的举动，目的就是挤对我，家里唯一的娇娇女。

我满嘴的榆钱儿饭，眼睛里有委屈的神色，�’着嘴巴想哭，看到我的样子，兄长们又都慌忙来哄。"扑哧"一声笑，满嘴的榆钱儿饭，被我喷得七零八散，兄长们"哎呀、哎呀"地喊着跑远了，我却笑得上气不接下气。

榆钱儿饭，闻着清香，吃着爽口，进入肚子里就更加温馨。榆钱儿开时，也是喂饱肚子的时候。苦日子年代，母亲变着法调节我们的生活，榆钱儿在她的手里，有多种多样的做法。撒面的榆钱儿当饭吃，清蒸的榆钱儿当菜吃。

弹指一晃，时光就这样从指缝中流走了，捋榆钱儿的兄长们，为了前程，各奔东西，好几年都难得见上一面。榆钱儿也成了我童年的回忆。

离开故乡之后，竟然连见都没有见过榆钱儿了。十年，和故乡似乎脱节了。

如今，村子没了，榆树也没了。一切都成了梦境，梦里的镜花水月。小区的一棵榆树在我心里越发珍贵。满眼的绿，满眼的翠，竟然让我忍不住噙满泪水。

父亲，再也找不到。母亲也无法再做一顿榆钱儿饭。我感觉到搅心地疼。

童年爬树的伙伴在眼前闪来闪去，那抿着嘴的笑容，嚷着让喊哥的样子，扔榆钱儿的神情，在心底来来回回地抖动。

「 人不如故 」

村子周围，大片的土地，种了庄稼。玉米害羞地卷了叶子；芝麻叶子油腻腻地吐着舌头；早黄豆挂满了果，毛茸茸的豆子蜷缩在稠密的叶子中，缩着脑袋。红薯叶子爬满垄上垄下。

看着这些植物，我忽然感到一种善良、一种质朴和一种真实。新建的教学楼在强烈的日照下，白得耀眼，刺得眼亮了起来。教学楼前的一片空场上，长着一小片土苋菜。这片空地，是孩子们的操场。因为还没有平整，所以，这一小片土苋菜恣意生长。尽管，天很热，而且明显有点旱了，可是它依旧惊天动地地长着，而且，长势不可阻挡。我路过这片苋菜的时候，看它们一眼，满眼的绿色，让我的心，甜滋滋地美，情不自禁蹲下摸摸厚实的叶子。

直到有一天，一个干活的工人提醒我，掐点苋菜回去下锅。我才恍然想起，苋菜是下锅的好菜。一把苋菜被我洗得干干净净，丢进沸腾的面条锅里，一股清香便扑鼻而来，拿筷子挑起一点苋菜，嘴里留下的都是清香。第二批移民启动之后，故乡日益临近搬迁。自春节之后，村庄便开始紧张起来，尤其是那些上了年纪的老人。每天都盘算着搬迁的大小事情，大到国家的补助，小到家里的柴火棍子。要讨论、商议的事情很多，多得村庄都忙不过来，村庄似乎都盛不下老人们的种种思绪了。

望着太阳，升起又落下。瘦了又胖的月亮，一再转换角色。

远方的移民新村，在一轮一轮的守望中，终于建成。为了满足故乡人的愿望，村里组织每家都去一个代表，先去新村看看。十几辆大巴车，浩浩荡荡开进新村。往日闹哄哄的工地更加闹哄哄了。

从丹江岸边走来的故乡人，看着一座座崭新的楼房，一双双历经沧桑的眼睛笑眯眯的，透着乐。摸摸这儿，摸摸那儿，啧，啧，啧，一种满足，两种欢喜，在沟壑纵横的脸上尽情舒展。许多老人，没出过远门，这次，为了能一睹新村，他们紧张得一夜都没睡好。

他们说村组干部，家家户户通知，组织大家到新村看看，看新家建得咋样，过不了多久，就要搬迁了，提前来看看，心里头有个准备，真搬迁的时候，别太激动了。大巴车一到移民新村，年轻人都"噔、蹬、蹬"上到楼上，指着客厅说，来了先铺上地板砖，摆上沙发，老家的旧家具扔了，不要了。再买台空调，不安电扇了……女人们商量着做个啥样的窗帘，买张什么样的床，甚至还商量，买什么样的床罩好看。老年人在后院转悠，看着后院的一小片空地，说搬来了，能种几样青菜。然后在后院再建一间房子，楼上给孩子住，咱老了，不中用了，就住楼下。

孩子们满身是汗，在笔直的水泥路上闹腾。我和故乡的父老一起，来到教学楼前。大家都没有多说话，看着教学楼，我想起了儿时的读书时光。

那时候，我们村距离村较远，中间还隔着一条河，所以，我们的小学是在邻村的学校搭班。为了能让邻村的学校接收我们，村里还特地派出两名老师，常年如此。尽管这样，我们还是作为外村人被邻村的学生瞧不起。为此，男生经常大打出手，和邻村的同学打架！移民新村的学校，新，新得故乡人濡湿了眼睛。

我听到村里人说道，以后，娃们出了家门就能上学。近了，再也不用担惊受怕，怕娃在上学路上出啥意外了。听得我心里酸酸涩涩。是啊，娃们上学近了，有啥比这更好的呢！站在教学楼上，我看到那片苋菜，在故乡人到来的时候，更绿了。故乡的父老也看到了。

他们问我："土苋菜是你掐的吗？"

我说是的。

他们问我："好吃吗？"

我说好吃。他们笑了。

我想留故乡的父老吃饭，吃顿苋菜面条。他们说等搬来吧，搬来咱是一家人了。谁家吃都一样。

我说我是嫁出去的姑娘。

他们说手心手背都是肉，姑娘回来了，更亲！

我笑了，大巴载着我的父老乡亲，在我的眼帘中，远去。尘土飞扬，土苋菜依旧生长着。看一眼，我再看一眼。故乡的父老，朴实，善良，没有心事，就如这片土苋菜，给他们一片土地，就能自由地生长，不论土地的厚薄。

乡亲们为了大局，为了更多的人能幸福，他们会义无反顾地用一双长满老茧的手开创新生活，用裹尽风雨的身子撑起人生的历程。移民搬迁，舍小家，为大家。这一丰功伟绩，不用多说，早已载入史册。

我和故乡人一起幸福地守望着，守望新生活，守望未来的每一个日子。

「 闺密 」

四月，繁花似锦，百叶齐绿，春天生生迷醉了一切。我以为，这是好日子。真真的好日子。我的发小，那个我生命中的密友，在这个季节去了深圳。满满的花香，陪她远行。她走的那个早晨，我醒得格外早，阳光疏散在窗前，我闻到一股一股的清香。

经过一天一夜的长途跋涉，她给我发来了信息。字不多，就三个，可我还是读到了她的那份欢喜。

早在一个月前，她就和我商量，四月份想去深圳，前年她爱人经受了一场火灾，虽然病愈，但是她很不放心，希望去大城市的医院看看，心里踏实些。可终究放心不下孩子，于是，便托我，晚上去她家住，给孩子做伴。

和她的情谊，是二十年的光景打磨下来的。几度的花谢花开，掩埋不了少女时代的情怀，闺阁的私语与年华一同增长。情感也在历练中越来越敦实，这些，她懂，我也懂。

接过她的一串钥匙，心便多了几许畅快。我认真地数了数，好几把钥匙呢！个个结实得很，这和从前的那一把钥匙相比，真是坚不可摧。

晚上准时去她家，孩子还没放学。坐在松软的沙发上，我懒散地看着电视剧。挨着电视墙的地方，放着一盆"富贵竹"，叶子浓绿，茂盛着。深蓝色的窗帘打着花结，倒也是风景。我开了吊灯，调至蓝莹莹的光，整个房间，雅致得很。

我忽然激动，笑，在心里。她居室的任何安排，有着她的含义。即便她不说，我也是能明了的。

孩子看到我，不惊诧，害羞地叫了我。这个孩子，和我的孩子一般大，从襁褓里看着，一点一点地长大，直到今天，个头已经超过我许多。可我，还是踮着脚跟，摸摸孩子的头，轻声说，娃，吃点啥呢！

这个孩子从小懂事，很节约，我怕孩子舍不得花钱吃饭，掏钱给他，说在学校要多吃饭，正长身体呢，吃饱了才能安心学习。孩子听话地接过，认真地写作业。随后拿着作业本说，姨，你给我签个名字，行吗？

这个样子，像极了我的孩子，也是这样地站着，拿着本子，等着我签名。这个晚上，我又成功地当了一次家长。这种感觉真实得让我相信，她的孩子，其实就是我的孩子。

多年来，我有到陌生地方睡不着觉的习惯，可躺在她的床上，竟然酣睡了。而且一觉至天亮。自己想来，这便是情感吧。好多年前，和她经常头挨着头睡，她家和我家，都是随意地住着。虽然那时候没有焚香，我们还是结拜了。是的，都发了誓，要好一辈子，做永远的姐妹。

她打回来电话，说大城市看病真不容易，光排队挂号就用了两天，医生诊脉后又等了两天，爱人做了磁共振、CT 等一系列检查，等待结果又用了两天。她说深圳真热，就这几天，已经把她晒黑了，还说想回家了。

我说，好不容易出去一趟，多玩几天，孩子有我看着，别操心。

她还是长长地叹了口气。不知道为什么。人的一生，咋就这么难，对于她来说，似乎是更难了。这些年，几乎就没有啥顺心的事情。家里各种事不断，一件接一件，让她憔悴不堪。我心疼，却无力。

各种诊断结果总算出来了，一切安好。她报喜，笑得很开心，我也乐着。

她又像撒了欢的丫头，闹腾地说，她去了深圳最大的手机批发市场，真大呀，各种款式的手机看得她眼花缭乱，据说，全国各地的手机都在那里进货呢！

她大声地说，给你买个手机吧！

我也大声地恼她说，不许买，我的手机好好的，要手机干吗，钱要留到有用的地方。

她分明听到了我不高兴，小声地说，很便宜的，真的，很便宜，一点点钱。

没过一天，她又打来电话，说给你买件裙子吧，去商城了，裙子好看极了。

我莫名其妙生气，死命地吵，不许买。

她委屈了，说知道你都有，可这是我的心意，人家好不容易出一趟远门，你怎么就不懂呢！我说，谁说我不懂。

她还是委屈着，呢喃着说，很少钱的，真的很少钱的，你相信我。

我的心痛了，生生地痛。就为那句"很少钱的"。她不知道，我躺在她的被窝里，盖着她专门给我换的新被罩，哭得稀里哗啦。尘世间，有多少男男女女的情谊，真真切切、纯纯洁洁，我想，我们的情谊是属于这类的。

买不到火车票，她的归程延迟了三天，在她崭新的家里，舒舒服服地睡了十来天。每个夜晚，恬静地进入梦乡，又在窗帘的散光中平静醒来。整个房间，被芦荟打扮得干干净净，我尽情地吸收，点滴的香！

　　当我把一串钥匙递到她的手中的时候，我们都笑得如同花开一般。一部手机、一件裙子摆在我的眼前。我拒绝，她的眼圈红了。

　　我的眼圈也红了。任凭她把一切装进我的包里。

　　白色的手机很纯洁，深红的裙子很吉祥，她知道，今年是我的本命年，她清楚地记着我的一切，从少年起，她就一直记着！

「 花的世界，如此温暖 」

其实，我是很喜欢花的，但是因为花的价钱一年比一年贵了，所以就不曾买过。

那个晚上，丫头带回来一束花，娇艳欲滴的玫瑰，她递给我说："妈，送给您，本来今天学校年终汇演，我想当着所有同学送给您的，可是您没有去……"

我看着花，片刻愣神后忽然想起了丫头在前一个星期邀请过我，说她周五学校年终表演，她有节目上。可是我整天浑浑噩噩的，竟然把这件事给忘记了。看着丫头落寞地要去睡觉了，那一刻，我很内疚，想对她说句"对不起"，却没有说出口。

我捧着那束花，看着衬托在玫瑰花中间的繁星点点，那素白的花瓣，多像孩子纯洁的心。那晚我失眠了，在梦里遗失了最宝贵的东西，醒来后，沉思很久很久……

丫头其实是我同学的女儿，同学是分开二十多年后偶遇的，在微信里同学说有个叛逆的女儿，希望我这个能说会道的作家给做做思想工作，让她重返校园。我以为我可以做到这些，于是经过彩排上阵了，我在微信里对丫头说我有一个"叛逆"的儿子需要一个同龄的朋友来拯救，希望她能伸出援助之手。孩子终究是孩子，经不起我的"请求"，她就像个姐姐一样去接触我的儿子，希望用爱心来融化我这个"叛逆"儿子。

经过一段时间的接触，我那"叛逆"的儿子没有被她拯救过来，同学要的结果却如愿以偿。丫头被我说通了，回学校继续读书。我给她联系了一家技校，虽然不是什么名校，但是只要肯去学校学习总归是好的。我帮她选择了幼师专业，想着女孩子心细，将来教育幼儿是一件美好的事。

送丫头去了学校，为了师出有名，她认我做了干妈。从此，我就有了一个比儿子大一岁的女儿。丫头很乖巧，很听话，也懂事，但是也有一些小缺点。我认为那些不重要，每个孩子都是一朵盛开的花儿，需要用心去呵护。我们就像一对真正的母女，和睦相处。

可有一件事，让我指责了丫头。那是家父去世一个星期后，我回到家中，那时正病着，正好是星期天，她带了同学回家，她和同学两个有说有笑地坐着看电视，没有看到我憔悴的眼神和病态的身体，我忍着内心的焦躁给她们做了吃的，然后上床休息，但辗转反侧睡不着，想到那一场景，我很是郁闷。

我想不管这个女儿是不是认下的，她应该看到我进门时的憔悴，应该对我说上几句抚慰和温暖的话。

因此，我给丫头发了一个很长的短信，指责了她。事后，我就后悔了，不管怎么说，她还是个孩子，我怎么能要求她懂我呢？尽管我又给她解释了许多，但是难免有"此地无银三百两"之意。

丫头也受伤了，之后两个星期都不过来，哪怕我打电话过去，她也说有事，或者说去同学家了。再后来，丫头给我说学校汇演，让我去看节目。说心里话，我没放在心上，她们学校的年终表演我看过多次，就是一群孩子跳舞唱歌而已。

没想到这个晚会上丫头要送给我一个惊喜，她还准备说一些感谢并致歉的话，但是因为我没有出席，一切都夭折了。我很是后悔，每每想起，心里都是愧疚。

又到年终了，去外地读书的丫头估计又快年终会演了，我想这一次她不会邀请我去的，因为距离太远了，但没想到，丫头却在花店给我订了一束鲜花，红的花瓣，黄的花蕊，极尽温暖，她说这束花会替她焐暖我一个冬天的寒冷。

「 那年花开 」

一

那年花开的时候，外婆瘦骨嶙峋的身体终于扛不住了，她深陷的眼眶抵挡不住病痛的折磨。她想说些什么话，却一直没有说出来，外婆的儿女围在床头，看着她闭上眼睛。

外婆故去有些年头了。坟头的那棵柳树飘摇。

我想外婆了，不然为何会连续做梦。或者有可能是外婆想我了。姨说，该去给外婆烧点纸钱了。纸钱纷飞，日光中，我看到了缭绕的过去。关于外婆的，关于那个院子的。这些都是从前了吗？

外婆去后，院子里的一架蔷薇也被拔掉了，连根砍掉的。舅舅说太招虫子。是的，那浓重的香味，扑鼻子，也招惹很多嗡嗡乱飞的小虫子。

那时候，我真的不知道，那一架粉红的花有这么好听的名字"蔷薇"。我们叫它"刺玫"。院子里花多，以至于我们都不喜欢刺玫，她的刺太尖了，弄不好就扎到手，血冒出来，不是啥好事情。我比较喜欢那棵陈丹树，虽然刺更长更锋利，可结出的果子带着橘子的味道，能闻饱。

刺玫架很大，按照面积，估计最少也有二三十个平方米那么大。像一把巨大的扇子，院子里的鸡、鸭都在下边避雨。老母猪还在旁边拱出一个泥坑。

刺玫，也是蔷薇，和外婆一起走了。不同的是，外婆走的时候，疼的是一屋子的儿孙。刺玫倒下的时候，疼的是一群不会说话的牲口。

二

那年，我家鱼塘旁边的荷花池子骄傲得很。花特别多，大姑娘小媳妇七嘴八舌地围着看。看得兴起，却有人大喊大叫，说是河里又淹死人了。于是，所有看花的人便涌到了丹江河边。河在村子不远，也就一二里路。

挤在人堆中，我看到白渗渗的脚后跟。村人拿了单子盖上。说是个青年男人。不知道是哪里人。在河边洗衣服的邻家嫂子说，这个年轻人从我们村对面的山冈过来，走到河边，先是洗了脸。后来可能是看河水清澈，便脱了衬衣，他原本要脱裤子，看看旁边有人洗衣服，便松开了解腰带的手。

那个人一猛子扎下河，就再也没有泛上来。邻家嫂子还以为他水性极好，可能潜猛了游到下游。然而，足足半个小时，也没见泛泡。

对于这个"亚洲第一大人工淡水库"，我们深有体会，看着平静无痕，却是暗藏水涛。如果不会游泳，下去，很可能就再也上不来了。这样的溺水事件看得多了，也就不觉得奇怪了。所以，大家很快就散了。

只是那个人无名无姓，把他仅有的那件衬衫搜尽，也没有找到关于他的任何东西。村人用几块木板钉了口棺材，把他葬在山冈上的地角边。

后来，那个人落水的地方，女人不敢去洗衣服了。男人也不敢从那个地方下河洗澡了。那年，荷塘的莲子都没人采。大家议论最多的便是那个无名无姓的青年，他是哪里的人呢，他的父母找不到他该多着急啊！

三

表姐出嫁的时候，也开满了花儿。地上的黄黄苗开满黄花，一小朵一小朵。还有老干笔，也开满白色的花。这是一种草本的花儿，它的茎能吃的。粗粗的茎剥皮，甜丝丝的，好吃得很。

来接亲的是一辆汽车，带着拖斗的汽车。很旧的那种，拖斗锈迹斑斑。我一点也不喜欢。表姐也不喜欢，她哭哭啼啼地不肯上车。

院子里好多人，大家窃窃私语。有人说，表姐婆家真小气，就来这么一辆破汽车。还没有炸馍篮。表姐听到这些，越发哭得厉害。舅舅失去了主张，在方寸的空间里来回踱步。

也有人说：时辰不等人，赶快出门吧，要是错过了拜天地的吉时，对婆家和娘家都不好的。这样的话让舅舅更紧张。花开得多灿烂，他却没有一丁点笑。

表姐的婚事她是不同意的，相亲的时候就没看上。她自己也说不出个所以然。可是舅舅同意。说是老门老户，虽然说穷点，但是人多势力壮。相亲之后，在媒人的极力撮合下，张罗定亲。表姐躲在屋子里小声啜泣。

隔着门帘子，我看到她俊俏的脸蛋，泪津斑斑，大眼睛红肿。

表姐是个文化人，她读书的时候成绩好极了。可终究因为太穷，她没有一直读下去。表姐读过很多书，那时候我特别眼馋，她不仅模样好，而且说话也好听，斯斯文文，矜持得很。乡村的花儿品种繁多，表姐是其中的一朵。

大卡车还是迎走了表姐。她穿着大红的衣服，头上也插了大红的花，我坐在她身边，傻呆呆地看着大卡车的前面玻璃。不知道是我的眼睛有尘，还是玻璃有尘。总之，我没看清前面的路。一点也没看到。

四

那年的小麦，一絮一絮地开花，又谢了。麦子黄了，收割了。南水北调中线工程正式上马。第一批试点移民启动，乡亲们带着新粮食搬迁。这代表，又一个崭新的时代就要开始，而我们就是这个时代的主人。

那场面真是锣鼓喧天，红旗招展。说有多排场就有多排场。

许多电视里才能见到的领导，竟然出现在面前。和庄稼打了一辈子交道的乡亲，张着嘴，说不出一句话。泪花淋湿了村庄，淋湿了招展的红旗，也淋湿了丹江，这一条澎湃的大河。

我凝视这一切的时候，无语。许多熟悉的东西变得陌生。就像村子，忽然没有了。许多陌生的东西变得熟悉，就像记者，一堆一堆的，脖子上的证件特招眼。

许多年后，我一直在想，那些曾经来过移民村的人，不管是游客、领导，或者记者，还有帮助移民的义工，林林总总。他们能否和我一样想起，石榴红艳艳的时候，丹江湖畔的村子，一个个像爆破一样，瞬间就消失了。

五

我的心里。时时开一朵思念的花。外婆能感觉到的。那个溺水的外乡人，或许也能感觉到。尽管不认识，但终究留在记忆中。

　　我知道，每一个季节都开花的。就像表姐，在乡野的花丛里，一年又一年，忘掉不开心的过去，擦掉卡车上的灰尘。她的人生便如大丽花一样蓬勃。

　　漂泊于红尘，常常看到岁月里荡起的一朵朵花。我欣慰，那是一串一串带着韵律的音符。

「 走吧，一起去看油菜花 」

一

远处、近处、房前、屋后、一垄垄、一洼洼，铺天盖地的黄花，赶会似的争相斗艳，把春天搅得沸沸腾腾，我很喜欢这样热闹的季节。

小时候学古诗"篱落疏疏一径深，树头花落未成阴。儿童急走追黄蝶，飞入菜花无处寻。"不懂其意，那时候只觉得油菜花太多，年年都看，年年收割，都厌烦了那黄灿灿的色彩。于日子而言，那也就是几袋油菜籽，换一点点钱而已。

如今，圆了腹饥，便萌生了诗情画意，追逐油菜花，是极大的幸事。房前屋后的几垄油菜花，满足不了心中的火热。于是，待油菜花开时，便急不可待邀上三五好友去乡间、去山野，去看油菜花。

看油菜花，需要早起。和一群爱好摄影的朋友，踏着晨曦的露珠，看着天边出现的一抹红色，跟着红色走，慢慢地，红色越来越淡，化为了淡淡的金色。待我们赶到乡间，那金色周围的黑暗也逐渐被金色驱散了，出现了轮廓，一轮红日从天边升起了。

豫西南多山多丘陵，油菜花种在一垄垄土地上，沿着山脚往上看，恰如梯田，油菜花一层一层的。地埂上的绿草如腰带，把一块块油菜花分割开来，入眼的是层峦叠起的黄花，黄的耀眼，灿的暖心。绿叶偷偷摸摸地震动了几下，黄的粉便簌簌掉下来。于是，身上便多了腻黄的蕊，手指轻弹，随即被染黄了。

风吹来，扑鼻的芳香，带着甜丝丝的味道钻进了鼻子。那香里，带着一种清新，如同山野的露珠，晶莹、沁心，于是，便捧在手心里，放在鼻尖亲吻。

养蜂的农户早早地把蜂箱移到油菜花不远处的空地上。"嗡嗡、嗡嗡"的蜜蜂，伏在黄澄澄的花蕊上，嘴深深地扎进里边，鼓足劲儿地吸收着花中之蜜汁，采完后飞回去经过一道道工序的酿造，把那一份甜得腻人的蜂蜜，回报给世人。看着它们忙碌不停的样子，我不由得想起了勤劳的农人们。

这时节，乡村也在黄花的催促下忙碌了起来。放眼望去，到处都是在地里劳作的农人，他们或栽青苗，或翻地，或牵几头牛，沿着地埂走，牛低头啃一口，"哞哞"唤几声，不远处的小牛犊便撒着蹄子欢快跑过来，依偎在牛肚子旁，蹭来蹭去。那亲热劲儿，让人心底生暖。

只见一位背着背篓的妇人，沿着山脚不紧不慢地走着。脚下跟着一条黄狗，身侧是黄灿灿的油菜花。这样的风景，如诗如画，赶忙抓拍进镜头，定格了那美丽的瞬间……

二

新迁居的故乡是平原地带，油菜花便没有了梯田的形状，也不像婺源那么有规则地种植，更不像江南水乡水田隔开的艺术种植。故乡的油菜花是各家各户随意种植的。认为哪块地该换茬了，便调换着种。

　　收了秋，就开始播油菜种子。秋末，它们伸展出了青碧的叶子，把荒芜的季节装点得绿油油的。如果在空旷的土地上，看到绿绿的一片，走近，那定然是油菜。在随后的日子里，它们就和小麦一样，守在地里，等待着雪和霜的洗礼。

　　经过几场霜冻，肥厚的油菜叶子便多了韧性。村人往往会在年内把太稠的油菜薅薅，留下壮实的过冬。小棵的拿回家，剪掉根，洗干净，煮熟，放进大水缸捂上几天，酸菜便出炉了。用油菜苗炸酸菜，是故乡人的习惯。一整个春天，大家吃的酸菜都是油菜苗。

　　记得小时候，迎春节气刚过罢，就进入了春忙时节。那时候没有灭草灵、除草剂一类，油菜地里的青草要用锄头锄。锄草的时候，还得剔苗，稠的地方薅薅，稀的地方补苗。

　　印象最深的是和母亲一起栽油菜苗。母亲用锄头在油菜地稀疏的地方挖上一个窝，我把薅来的油菜苗栽进去，然后从水桶里舀一瓢水倒进去，再用浮土把油菜苗的水窝填上，按瓷实。

　　春来，暖风吹一阵，再一阵，移栽整齐的油菜便结阵似的开了。一块挨着一块的油菜，你争我抢，挤进了春天的怀抱。在暖风的吹拂下，侧耳倾听油菜花发出优美的声音，幽静安详、不吵不闹。它们在春姑娘的轻柔抚摸下，开遍了千亩良田。风，撩拨着，不停地撩拨着，花海滚滚，铺天盖地迎面扑来。好似一幅壮美的画卷，优美中带着激荡的旋律；又似一道明亮的光划过心海，惊起了无数涟漪，在我的心头层层荡漾……

　　油菜花，在涨幅中有了灵性，它们如同传世的尤物，呈现出俏丽的美感，诞生出无数的希冀。妖娆的身姿，在广阔的田地里，尽力婆娑着，尽力舞蹈着，把一整个春天都舞出了旋律。那些旋律，醉了千古吟诵它的文人墨客。

清乾隆皇帝赞誉它"黄萼裳裳绿叶稠，千村欣卜炸新油。爱他生计资民用，不是闲花野草流"。

是的，油菜花和百花不一样，不只是观赏，它们用要命的黄，浸染着如画的春天的同时，更为农人们燃烧希望……

三

三月，都是花，故乡开满了油菜花，便迫不及待地去看了。城里长大的孩子喜欢田野，孩子们在地上疯跑着，追逐翩翩起舞的蝴蝶，花间便有了"咯咯、咯咯"的朗朗笑声。我移步地头，抬首远望，那黄灿灿的花，在眼前铺成了金色的画卷，一团一团，一片一片，像沙画一样，随手一笔，便可绘出大天地来。

风乍来，油菜花左右不停摇动着，犹如金色的花海，一浪接一浪，波涛汹涌，在眼前纵情蓬勃着，那种此起彼伏的荡漾，好似一个季节都生出画面感来。阳光照耀下，黄得耀眼的油菜花就像毯子一样堵住了天地，大片大片的，肆意地铺张。

我喜欢待在故乡的地头看油菜花，那一片黄花，犹如仙境，那一缕缕的花香，清凉舒爽，沁人心脾，让我的心瞬间就宁静下来。

黄昏时分，再去看花，别有一番情趣。漫步花海中，看杨柳纤纤，听花海呢喃，闻清香扑鼻，清风拂面，渠边的水，缓缓地淌，如入桃源。

邂逅一片油菜花，不要很多的时间，只要去乡下就好。那里是油菜花的世界，是油菜花的乐园。可以闲情逸致，可以轻哼小曲，花的芳香，花的温柔，花的宁静，瞬间便涌入了心头。

不过要想了解油菜花，不但要有所观察，还需要有一点点的耐心。它们虽然波澜壮阔场面宏大，但终究是暗藏了女儿家的幽幽情怀，只要穿入花的境界，就会感到那颗漂泊的心，有了家的温暖，那浮躁的灵魂，便会得到丝丝的安慰。

去年在花间自拍的时候，父亲立在我的身边，他说这油菜花年年看年年拍，还没有拍够吗？他的笑脸就像油菜花，灿烂无比。儿女一个个都成家立业了，对他而言是最为满足的了。他时常说，都去外边闯吧，家里有他守着就够了。

我笑，把一朵花的微笑挂在了脸上。非要父亲用我的手机给拍个照，他拿着智能手机翻转来去，依旧不会用。孩子的欢笑，伴随着父亲的微微尴尬，让油菜花都欢呼雀跃起来了。

如今油菜花又开，我回故乡去看花，却没有父亲的身影，他在冬日猝不及防溘然离去，长眠于油菜花盛开的地方，那花香，醉了他，任凭我千呼万唤，他都不愿意醒来……

我站在地头，看近前的油菜花，也看远处的油菜花，黄的花，黄的蕊，金灿灿，油亮亮。脑子里挂满了花事，也藏满了故事。

那些故事，有父亲的，母亲的，兄弟姐妹的，还有故乡人的，他们在油菜花的盛开中，换了一季又一季，温暖了一个又一个春天……

「 山一程人一程 」

佛家参禅的第二种境界，看山不是山，看水不是水……

《论语》有言，仁者乐山，智者乐水……

我承认，我词穷，站在这座名为"脑子寨"的山脚下，看山，依然是山。这不是禅师所言的第三种境界，禅有彻悟。而是我俗入尘埃，只能眼巴巴地解释，眼前的，是实实在在的"山"。

山，很大，也很高。矗立在这座名为"淅川"的小城背后，它就这么站着，从远古到现在，在历史的长河里，悄无声息。在我的直观里，无法用更深奥的词汇去演变一下，就这么看着它，然后用力攀登，用它的高度来突破自我，嘿嘿，这叫肤浅。

晨起，又一次来到山脚下，有鸟和不知名的小虫远远近近地鼓噪。各种灌木挂满露水，还有几种熟悉的山果，如山枣、桐油果、山楂，因为有了果子，我笼统地觉得，这是完成了岁月交付大山的任务，即季节替换。

山上已经有人开始攀爬了。我站在山腰，山脚下也有人陆续而来。山，忙碌起来。

我认真地打量这座山。山，不富裕，或者可以说，它还没有脱贫，因为挂在它肚皮上的灌木，那么低矮，偶尔有一棵，也达不到称之为年轮的东西。一些地方，裸露着黑色的石皮，光秃秃，抚摸一下，为之心疼。

同行的友说，山的情况已经好很多了，换作十年前，黄土飞溅，碎石凌乱，你又该涌起多少感叹呢。我惊诧，恶补了一个画面，没有青青碧草，没有绿绿树木，满目疮痍的大山。我的天，那是怎样的一幅惨景呢，又是谁曾经残忍地扒掉了它的衣衫？

山，哭了吗？它该到哪里诉说心中的委屈和满腹的愁怨……

伤感之余，我欣慰，今天看到的山，有高高低低的灌木做绸衫，它们紧贴着大山，把这个世界的圆润和灵秀赋予它；不多的苍苍劲松，像一篇老成持重的文，加载着山的气势，拔高它的恢宏，使其大气磅礴。

山，苏醒了，在受伤很多年后，这是现在的山。我努力搜索一切关于山的词汇，梦想完成一篇华丽的章节。让山在一段一段的渲染中，通透，明亮。

山默然，它对视着我，用平静对着我的紧张，用博大的胸怀告诉我，已经不必搜肠刮肚太过用力地叙述过往了，一切冲撞的情节和激情都不必用咆哮和嘶吼的形式，它依旧矗立，便足够坦然。

因为，它是山，山是它的世界。

站在山顶，旭日冉冉升起，一层水汽随之浮动，额头润泽，多了明净。我观山，遥远处层峦叠嶂，一架一架的山，直插远方，浅浅深深的树木，横七竖八却又满是秩序地填充着大山，丰满而有内容。山，是大度的，它很会掩饰，用葳蕤的新秀挡在身前，入了眼帘的都是生机，它的痛，留在漫长的岁月里，慢慢填补。

花，是山的点缀。尤其是人工栽培的格桑花，使山多了情感的气息。沿山而立，它们是静态的，是和大山婆娑相宜的植物，浓淡、深浅、清雅、沁人心脾；它们是文人笔下的一纸素稿；是一幅国画的水墨感，不疾不徐，暖，亦缓，如握了大半生的瓷，亮着，也温润着，圆滑着，更厚重着。

山孤独而倔强地伫立，不争锋，不抢眼球，只是静静地与世界对视，支撑一方，而我们，就在它的怀抱里……

世上本无路，走的人多了，便有了路。

她在前边走，我在后边跟着，自爬山以来，皆是如此。每一天开始登山时，她都会莞尔一笑，问，今天你走我前边吗？

我摇头，说，还是你走前边吧，看着你的脚步，我就有了目标，只有这样，我才有登山的力量和勇气。

她不语，抬脚开始登山，一步踩下去，稳健；两步踩下去，有力；三步踩下去，便和我拉开了距离。然后，她又放缓身子，微微扭头，看我一眼，等我大喘着气卖力地走近两步后，她扭头，继续一步，两步，三步，向前走，以此而至，直到山顶。

她，认识七八年了，是在这个小城为数不多的女友之一。记不清是怎么相识的，只是 QQ 和微信里都有她。可惜基本不聊天。能记得的是，多年前在街头碰见几次，还是匆匆打过招呼便擦肩而过了。

再见面时，已恍若多年。这些年，杂七杂八的琐事把彼此的生活打乱，少了朋友之间的诸多调侃，也少了提笔写字的雅致情感。那天，街头相逢，不禁感叹，哎呀，过了许多年。

她笑，我笑，约定，一起爬山。我要攀登一次，她走了十年的大山。

山，有些陡，一条窄窄细细、弯弯曲曲的小路蜿蜒而上。她的背影很柔，和她的脚步相比，少了铿锵，少了力度，少了脚踩大地的雄壮，多了沧桑，似乎是一种无法叙述的无奈。是的，她弯腰时，我读懂了一种融化在她骨髓里的痛和烙在心里的痛。

路上有一条蚯蚓，她走近时，用脚把它轻轻踢进草丛；一只蜗牛也是同样的待遇。我的心，那一刻悸动，这该有多细腻的心，才能体恤这弱小。那一天，我观察她。侧影里，太阳的光晕斜照在她的身上，浮光华年，发现她曾经白皙的脸上有了细线；明亮的眼睛，增加了伤感……

后来，知道了很多，关于她的事。失去孩子对于一个母亲而言，那是怎样的撕心裂肺……生活里，遭遇的困顿又是那样的无奈和压抑……我不想过多描述她痛苦的过往，也没有把这些当作她攀登大山的理由。我想到的是，她把大山当作地平线，走过去，便能见到红彤彤的太阳，当霞光万丈刺激视觉的时候，地球也有了色彩。是的，当蔚蓝碰见霞光，一切都变成了有形，或是奔腾苍穹的龙，或是涅槃凌舞的凤，她把岁月当作大山一样攀登，便日日见到希望，不是吗？

一个女人和一座大山，这是顶好的小说材料。脑海里，不断闪过碎片。我想过多次，把她作为小说中的主角，谈一场轰轰烈烈的人世间。思前想后，又怕撕开那血淋淋的画面。于是，我沉默了，一天一天跟在她后边，攀登大山。

山路崎岖，峭石时而卷曲，时而锋锐。她如履平地，不疾不徐，依旧在前边走，偶尔，和我说话。谈我们所做的互联网项目，眼睛里，有水溢出，很清澈。即使谈世间最俗的钞票，也是真挚的。

我说，姐，你是我的动力。

她笑，说，你才是姐的楷模。

"莫听穿林打叶声，何妨吟啸且徐行。竹杖芒鞋轻胜马，谁怕？一蓑烟雨任平生……"那一天，我很嘚瑟地想起了这首词，而且，羞涩地冠在她身上。她不知道，我已经暗地里，把她描绘了许多遍。

　　站在山顶，我浮想联翩。感叹这段网络里流传许久的心灵鸡汤，时间，带不走真正的朋友；岁月，留不住虚幻的拥有。有心的人，不管你在与不在，都会惦念；无心的情，无论你好与不好，都是漠然。人在落魄时，才知道谁的手最暖；情在吵架时，才明白谁的心最软。

　　这些天，我一直和她并肩而行，微风拂面。前边的山道旁，格桑花开得特别娇艳……

「 花事 」

天气极好，隔着米色的窗帘，我看到了一轮阳光带着笑容。我喜欢，喜欢这满地的阳光，白白地洒在对面的楼上，耀眼，光亮，心情被浸染得无比快乐。

友打电话，出去转转吧。去东方学校，去杨老师家，她家的花儿争先恐后地开了。据说，杨老师正和鸟儿大战呢！多有意思的事情，心里痒痒的，生怕错过一场精彩的故事情节。追不上夏天的那些花事。

植物，各种各样的都有。花儿真多，一簇一簇。杨老师逐个介绍。虞美人只剩下一株了，它在杨老师的精心照顾下，留住了春天的最后一抹阳光。像一个骄傲的女子，诵读着久远的诗卷。

一片花儿，白的、粉的、大红的，还有淡黄的，在花海中独具特色。杨老师说，这叫格桑花。

我惊呆，这便是传说中的格桑花吗？如此素雅、如此庄重。一朵朵花儿在枝头，随风轻轻地晃。我亦想起辽阔的草原，想起了藏民，格桑是幸福的意思，意思就是幸福的花儿！

它生长在高原，看上去弱不禁风的样子，可是听说，风越狂，它身越挺；雨越打，它叶越翠；太阳越暴晒，它开得越灿烂。它就是寄托了藏族期盼幸福吉祥等美好情感的格桑花。

在藏民眼里，格桑花是高原上生命力最顽强的一种野花。我曾经千万次地幻想过，它是一种什么样的花儿。此刻，格桑花就在我的眼前，我情不自禁地捧起她，亲吻她。如果，我是一朵格桑花，那么还有什么过不去的坎儿，还有什么蹚不过的河，风雨何惧。我吮吸着格桑花的味道，似乎沐浴了一场心灵的洗礼，浮躁的灵魂在格桑花面前，竟然变得异常平静。

再一次看到枇杷果的时候，我笑了，想起了友送我的枇杷果，小得可怜人。我曾自作主张地怀疑，枇杷果小是因为它本来生长在水土湿润的江南，如今，硬生生地把它移栽在气候干燥的北方。自然地蜕变了，变质成弹珠形了。

枇杷果味道好，连鸟儿也不放过，总是偷偷摸摸地来啄一口。杨老师是个细心人，她把枇杷果用布兜起来。这就是人鸟大战了，这场争夺枇杷果的战争，归根到底，依然人是胜利者。杨老师笑了，她优雅的笑容，好似一朵格桑花！

大丽花，红，耀眼的红，红得像绸缎。

合欢花，已经开始飘了，轻飘飘的，有的落在地上，有的飞出红尘之外，在无边无际的半空中游呀游。

香气袭来，跟着嗅觉，追寻到栀子花前。白白的栀子花，在我毫不设防的心情下，跃然在眼前。风姿绰约的栀子花，洁白、纯洁，一尘不染，我绞尽脑汁地想，想一切优美干净的词汇。想把栀子花好好地赞誉。可是，穷尽所思，依然没有找到一个完美的词组。

我忽然就想落泪。栀子花，一瓣一瓣地开，嫩白嫩白，开在我的心上，把他轻轻地开在眼前。多美啊，他吹箫，在故乡的河畔上，两旁河岸十几米都是茵茵青草。绿呀，绿得眼睛都成了一汪水。他的俊脸在斜晖下，在河水的倒影中，更俊了。嘴唇鼓起一首首曲子，悠扬顿挫。他的眼里藏着几多的抑郁，几多的哀伤，几多的疲倦，我不敢靠近，生怕碰到他的痛，这痛，是我给他的，却无法抚平。

栀子花开了，他走了，携着另外的一个她，轻盈的步子重重地踩在我的心上。他回头看我一眼，我的心碎了，栀子花也碎了。满满的一地香，碾为尘埃。风吹过，花谢了，叶子落了，所有的情节就如一泓溪流。唯有留给我一段情殇，在每一个开着栀子花的夏天里演绎。

满园的花儿，满园的心事。在这个暖意洋洋的夏天，恣意绽放。

近处，房舍，有音乐传出，钢琴的叮咚之声，悦耳，亲切。花儿开了，花儿败了，人生不也是一样，跌宕起伏，起起落落。穿过这个夏天，就到秋天了。

「 含笑的花 」

　　童年和少年，喜欢花儿，各种各样的花儿都喜欢。于是，便四下寻花种。春天来的时候，迫不及待地播种。那时年少，不懂得欣赏，更多的则是女孩子的爱美之心。

　　那时，总喜欢把花池垒在房檐下。花池很简单，找几块半截砖，堆成一个长方形，或者四方形，便成了花池。几个女孩子拿着篮子，到村前的地里抬几篮子土，倒进去，花池也就垒好了。几乎同龄的女孩门前，都有这样一个花池。

　　于是，谁家有了新的花苗，就千方百计地讨来，栽进"花池"。花，一日日长大，叶子翠绿。终有一天，下大雨，屋檐的雨滴，似洪水猛兽般地狂泻。一池子的花苗，无端地被"洪水"肆虐。

　　这样的场景延续了好多年。而我们，那一群爱花的女孩子，却始终没有想起把花池重新垒个地方。这错位，以至于，年年都看不到花。可我们依然快乐着，那是发自内心的快乐。

　　而今，又至春天，又到开花的季节。一屋子的阳光，零零落落，铺满柔情。

　　心情好，去喜欢养花的朋友家玩。一树米色的花，满满当当出现在眼前。我惊讶于她不管不顾的开放，那种热闹，把春天以及春天以外的一切都抛在了脑后。六片白的花瓣，蕊，褐色，中间带点点绿。叶子肥实，盈盈一握，厚到心里了。

朋友说，这花叫"含笑"花。惊讶极了，第一次听说这种花的名字。忍不住低下头，仔细观赏。花香，宛若幽兰，静如处子，在一片植物中兀自绽放。花花叶叶都带着欢喜，笑眯眯，与春天亲吻。

我低头，抬头，再低头，又抬头，满怀感动。问朋友为什么花叫"含笑"。

友说含笑花的花语为"含蓄和矜持"。颜色也有多种，她种植的是白色。

我看着一株白色的含笑花。寻思，也许正是她笑而不笑的朵朵花儿，为她赢得如此高雅的名字。含蓄和矜持，气质定然更高贵了。

想起一位朋友，很优雅的一位女士。形象特别好，她讲究女士笑不露齿。所以，她的脸上经常都是一抹恬静。让人不由得就产生好感。遗憾的是，婚姻不幸。

听到她离婚的消息，我一个人傻坐了很久。很长时间，一直担心她走不出生活的阴影。又不知道怎么劝说。那时候拿起电话，总惆怅满怀。有些事，不亲自经历，是领会不到那种痛的。我总是在安慰自己，时间，时间是最好的疗伤药。

最近见到她，却发现她气色很好，甚至比以前更加靓丽。我想，她定是度过了那段黑色的日子。笑着走了出来，就像季节，冬天过去了，春天总会来的！

友的脸一如既往地恬静，那种安静，就如眼前的"含笑"花。美美的，那是一种真美，没有矫揉造作，是坦然的，安然的，沐浴着阳光的笑，温馨且美好。

人的一生，总要经历这样或那样的事，经过了，也就经过了。生活还得生活，不是吗！

看过一篇小说。一个女人，始终得不到家人和朋友的理解，她的一些想法和做法，让身边的人感不可理喻。她陷入痛苦之中，日日痛苦，日日流泪，走不出心的囚牢。

她想死了算了，觉得活着没有意思。于是，她就想各种各样的自杀。她觉得割腕流血太多，场面恐怖，怕吓坏了家里人；喝药，她想着太痛苦，顺嘴流白沫，她接受不了；上吊，家里是平房，拴绳子的地方都没有。她思前想后，选来选去，最后，选择跳河。

走过城市漫长的街道，送走你来我往的行人。这期间，她搀扶两个老太太过马路，还给一个问路的行人指过路线。她过了六个红绿灯，看见一个盲人在导盲犬的带领下，慢慢绕过乱放的自行车。

她看着像孩子脸蛋一样红彤彤的夕阳，在高楼林立的缝隙中，悄无声息地沉寂下去。她趴在桥上，觉得时机成熟了。就在她要跳河的一瞬间，另外一个女孩子，却比她抢先一步，"扑通"一声响，便在河水之中。

她被惊吓到了，像是条件反射，大叫起来。然后奋不顾身地跳进河里，救起女孩。

然后，然后呢，她给女孩讲做人的乐趣，苦也生活，笑也生活，生命多么珍贵……一大堆从前没有想起来的道理竟然张嘴而出。她劝女孩的时候，竟然忘记自己也是来寻死的。

后来，她没有再想死了。买了菜回家做晚饭，没事儿人似的。家人都没有发现她曾经想要自杀过的异常。

她能感受到，每一天的阳光和风霜雨露，都是大自然赐予她的幸福。乐了，就是一朵含笑的花。这是植在心里的，生活的花。

含笑的花，米色的，自然地开，带着含蓄和矜持，特别静好。

「 六十九年 」

一

初春，风吹田野，掀起层层叠叠的麦浪，母亲坐在三哥的车里，眼睛看着窗外，风吹乱她额前的白发，她神色平静，脸上波澜不惊，有一种久经世事的淡定、漠然。我无法猜出母亲此刻心里最真实的想法，自从她脑梗以后，很多人情化的东西，都忘记了，除了稀罕几个儿女和孙女孙子之外，其他的人，都没有被她很看重了。曾经小姨哭着对我说，母亲害病害傻了。因为她们来我家走亲戚，母亲不像以前那样，翻箱倒柜地找好东西送给她们了。

母亲这样的变化，一开始我暗自落泪，可是后来，我反而很庆幸，至少她知道稀罕自己。以前我们给她钱的时候，她都是摇着头、摆着手拒绝，现在她嘿嘿一笑，接着了，然后一个人去街上买自己喜欢的衣服和吃食，这样的转变不可谓不喜，母亲苦了一辈子，她能吃好喝好穿好，这是多大的进步啊！

父亲坐在副驾上，不时扯一句，说的全是有关认亲的细节。似乎是为了推脱他提出认亲的疑虑。他说，他那个吹喇叭的朋友已经说了好几次了，都这么大年纪了，还能活几年，不能让人生留下遗憾不是，不管怎么说，血浓于水，说邹楼的亲戚这么多年心里都有疙瘩，想认亲，又不敢，因为几十年前的不愉快，他们害怕伤到我母亲……

三哥开车，偶尔接个电话，指导从丹江口赶回来的大哥，按那条路线走，能更快到达目的地。二哥在平顶山，他太忙，只好安排侄儿和侄儿媳妇回来，二哥说认亲这样的大事，他家不能缺席。弟弟在广东打工，弟媳妇放下忙碌的农活，带上孩子，和我们一起踏上了认亲的旅途。

我们姊妹五个，加上父母和每家的孩子，一共有二十四人，但是由于种种原因，能到的只有十六人，全家人没有到齐，我们心里都感觉有些遗憾。

车子启动的那一刻，我的心忽然狂跳不已。看着几辆车前后紧紧地跟在一起，眼睛莫名地潮湿，我猜不出，母亲见到血脉相连的亲人时，会是什么样的表情，六十九年了，这个生她的家，对她来说，是一个什么样的概念呢？我猜不出哥嫂们此刻的心思；对于突然冒出来的舅舅，我也忐忑不安，不知道见到我的亲舅时，能不能喊出口……

二

母亲不是外婆的亲生女儿，这件事我十九岁的时候才知道。记得那天在大伯母家玩，不知道聊什么呢，就说到外婆了。大伯母突然说一句，你外婆不是你亲外婆，我愣怔了一会儿，才说不可能，外婆恁亲我们姊妹几个，咋能不是亲的呢？大伯母说，不信回家问你妈。

带着疑问回到家里，我试探性地问母亲："外婆真不是亲的吗？"

正在做饭的母亲，癔症了一下，忽然拿着菜刀，像一只发怒的母老虎，大声地质问我："谁，是谁在烂嚼舌根，我找她去……"母亲举着菜刀的样子，把我吓得浑身发抖，哆哆嗦嗦地说："没，没有，是我自己瞎猜的。"

我怕说出大伯母，脾气暴躁的母亲真敢拿着菜刀去剁了她。这一生，我见过母亲发脾气的样子，就那次最恐怖，每每想起，都心惊肉跳。也是那次，打消了我对母亲身世的怀疑，觉得大伯母是开玩笑的。外公外婆那么宠爱母亲，怎么会不是亲的呢？

后来外公外婆相继去世了，舅舅姨妈们也不再避讳什么，陆陆续续说了一些母亲的事。这时候，我才确定，母亲真的不是外婆的女儿。姨妈说，母亲生下来，就被她的亲妈抛弃了，扔在猪圈里。刚好我的老外婆路过，听到婴儿的啼哭，脱下身上的衣服，抱起了母亲，让母亲做了她女儿的养女。

这样的版本，我听一次，难受一次，心痛我可怜的母亲，她的命运竟然如此多舛，让人揪心地疼。因为这样的版本，我开始痛恨亲外婆，虎毒尚且不食子，她怎么能这样对待我母亲呢？我认为她就是现实生活中的狼外婆。于是，关于母亲的身世，再也不想多打听，内心认准了，现在的外婆就是亲外婆，谁也改变不了。

花开花谢，光阴如梭，日子年复一年地流走。在我过完第四十个生日的时候，父亲打来电话，说吹喇叭的人又去我家了，还是说母亲家人想认亲的事。

对于这样的事，我是真的不敢多说什么，在我的潜意识里，是不想认那个狠心的外婆，原因有二：一是她都把母亲扔进猪圈了，太狠毒。二是怕兄长们说我姑娘瞎当家。为了妥善处理这件事，我给三哥打电话，让他和父亲沟通一下，认或者不认，给人家一个准确的回信。

意外的是，性子倔强的三哥第一反应竟然是"认"。他一直在想母亲的身世，难道因为母亲从来不提，我们就不管不问，也许母亲的心里也在想她的亲人呢？即便是恨，那也是爱之深才有的恨之切。

他说先回家问问母亲的想法，一切遵循母亲的决定。

母亲依旧没有多说什么，她只是说了一句："你们说认就认吧。"她像一个听话的孩子，遵照她儿子的安排。三哥走后，母亲给我打电话，说去认亲的时候，难道还穿平常的衣服吗？

母亲的话，让我有一种石破天惊的感觉，我忽然明白，母亲的内心还是想认亲的，不然为什么会在乎自己穿什么衣服呢？我连声说："您放心，我会给您准备好的，让您穿戴一新回娘家。"

三

三哥说，认亲之前，他要先去亲舅家探探路，看看是否如吹喇叭的人那么说，亲舅很想认回我们的母亲——他的亲妹妹。他还想去了解一下，当年亲外婆为啥要把母亲扔在猪圈里？怎么会那么残忍？

三哥去亲舅家的那天，我的心始终无法平静，好几次拿起手机，想打电话问问三哥，见到人了吗？谈的什么呢？可是又有些害怕，至于害怕什么，自己也不知道，结果是手机拿起又放下，直到三哥电话打回来。

电话里，三哥情绪很激动，他说正在赶回来的路上，从来不喝酒的他也破戒了，晕乎乎的。他语气难掩兴奋，咋咋呼呼地说，真的是血脉相连啊，感受到亲情的味道了。

三哥说，他见到了我们唯一的亲舅，一位七十多岁的老人，亲舅在地里干活，听说小妹妹的儿子来了，麻利地从地里赶回来，看着从未谋面的外甥，他落泪了。

我们痛苦多年的心结终于得到了答案。亲舅说，外婆一共生育十三个孩子，加上母亲，只成活了四个，这样的成活率让人伤悲。亲舅上边成活了两个姨妈，他和母亲挨着，为了保住亲舅的性命，外婆决定把母亲送人，奶水留给亲舅吃，这里边有重男轻女的意识，也有救活两个孩子的想法。

当时，我的养外婆结婚几年没有孩子，刚好她婆家的亲戚挨着亲外婆家，两家一合计，就把母亲抱给养外婆压怀了。遗憾的是，母亲刚抱过去，外婆的前夫就去世了。外公当兵回来，属于大龄青年，也不计较外婆已婚还带着一个养女。这就出现了姨妈们说给我的另外一个版本。当年外公娶外婆的时候，把母亲驮在肩膀上一并娶过来，外公做新郎，也做父亲。

据亲舅说，母亲抱给养外婆压怀不久，亲外婆就后悔了，她去养外婆家，想要回自己的小女儿，可是养外婆却不愿意把母亲还回来，随着前夫的去世，她改嫁了。在那个交通闭塞的年代，亲外婆再也找不到养外婆在哪里了，也失去了她小女儿的音讯。

母亲十六岁的时候，亲舅凭着他郎中的身份，千百次地打听，终于找到母亲所在的村子，他和亲外婆一起找到养外婆家，说出了他们的想法，认回母亲。

亲舅说，当时养外婆二话不说就大发雷霆，拿着扫帚骂他们是骗子，并且让母亲也赶走他们……

按照现在人的思维逻辑，我回放了当时的镜头。母亲，一个亭亭玉立的姑娘，乍然之间，得知养育自己长大的爹妈竟然不是亲生父母，她是别人遗弃的孩子，那种滋味可以想象出来，痛苦之后，肯定是恨，咬牙切齿地恨，恨父母无情无义，既然嫌弃她送人了，那还来认她干吗。

于是，她站进了养母的队伍，对所谓的亲生母亲恩断义绝。

后来亲外婆又找来了几次，亲舅没有细说，总之，故事的最后是，即便养外婆不再拿扫帚赶亲外婆，母亲也死活不认她的亲生父母。

我猜测，母亲后来拒不认亲，估计是养外婆给的说辞让她接受不了，就像姨妈们后来讲给我的一样，她被扔在猪圈里……多年后，我问外婆是不是亲的她拿着菜刀发怒的样子，我想，那是一种发自内心的痛苦和仇恨！

母亲，我可怜的母亲，此刻，我终于体会到您当时的心情，那种血淋淋的伤痛，怎能被剥开呢，尤其是自己的儿女！

四

老天真是捉弄人，我做梦也没有想到，亲舅家竟然在我们从移民村新家往返老家的路边，这岂不是说明，母亲其实很多次从她家门前经过，却不知道这里是自己的家。也许一不留神，她和自己的亲哥哥、亲姐姐擦肩而过却不得知。

亲舅家是两栋小楼连在一起，很宽敞，屋子的颜色和周边的房子一样，米黄色调。楼房后边有个小院子，栽着葡萄、桃树、核桃树及花花草草，还养了几只狗，如此情景，倒也雅俗共赏了。

为了迎接妹妹的回归，除了在外地打工的亲戚，亲舅把自己的儿女和外甥三代以内的亲戚，都喊回来了，堂屋里摆了四张桌子，凳子放一圈，厨房里热气腾腾，不知道是请来的厨子还是自己家的亲戚，正在忙碌地炒菜。

因为害怕母亲情绪激动而病情发作，所以，在认亲的前夕，三哥特地给亲舅打电话，希望母亲回家的时候，大家都保持冷静，不能哭哭啼啼，万一我们的母亲被感染，病情发作就得不偿失了。我们兄妹希望母亲认回亲哥亲姐的同时，更希望她健健康康。

舅舅、舅妈、二姨妈（大姨妈去世了）、表哥、表姐等亲戚，看得出来，他们都很兴奋，我想，为了母亲回归，他们确实期待了很多年。

几十个人欢聚一堂，亲舅询问哥哥们的生活。表姐、表嫂围着母亲嘘寒问暖；表哥、表姐夫则和父亲打趣；二姨看着我，说她在很多年前就已经见过我了。

我惊诧极了，问她怎么回事？二姨说，当年我才结婚的时候，和爱人在街上开店，她们村里有我现在小姨的亲戚，他们给她说，我是她小妹妹的女儿，为此，她偷偷地去看过我几回。

这样的剧情让我心绪难平，这倒成了"只缘身在此山中，不识庐山真面目"。我想，如果当时二姨能勇敢点，和我说明情况，或许，今天的认亲场景会提前二十年。很多事情也会少留点遗憾。比如，母亲可以见见她的亲生父母，就算是恨，也要恨有出处，母女抱头一哭泯恩仇，那该是最美的结局。

母亲在她侄子侄女的问候中，笑意连连，尽管她没有用语言表达什么，可是她脸上的笑容足以说明一切了。某一刻，我甚至看到了她眼底深藏的潮湿。她不经意的一句："我是多余的啊！"让我们的心狠狠地揪疼了。

母亲，我亲爱的母亲，尽管她的养父母给予她一生的宠爱，可终归是少了血浓于水的感觉吧！

五

风，依然和煦地吹，油菜花热热闹闹地开放，似乎是在迎接母亲的归来，在亲舅和表哥的带领下，一家人来到了外公外婆的坟前。

两个人，一座坟，这样的故事，我曾经不止一次地描述。此刻，又是这样的一个故事。一座坟里埋着两个人，坟前长着一棵大树，同样地，脚蹬洼地，头枕山坡。两个外公外婆的坟墓，如此惊人地相似，让我的心紧缩一团。

看着这座坟，我想到了疼我爱我的养外公和养外婆，我想，岁月这把刀肯定能把一切恩怨切割，如果我的养外婆还活着，她一定会感到欣慰，因为她疼爱的大女儿，又多了一个娘家。她在那个家是长女，在这个家是幺女，都是聚万千疼爱于一身的角色。

亲舅点燃火纸，泪光盈盈中，他告慰九泉下的父母，一句"爹妈，妹妹回来了"，让在场的人热泪盈眶。我知道，那是亲舅发自内心的告白和欢喜，尽管，这个回来是六十九年之后，可终究是回来了，在他有生之年。

我的母亲，尚在襁褓之中就被送人了，没有得到亲生父母的呵护，她是不幸的；我的母亲，被养外公养外婆捧在手心里长大，她是幸福的。

「 穿过指尖的白发 」

此刻，秋色正浓，秋风刮得正紧，落叶草木进入倒计时，黄的黄，红的红。几朵兰草花挨着地面，与秋打着反劲儿，六瓣花开得热闹，几朵椭圆形的骨朵俏生生地立在花朵旁，似是陪伴，又似坚守。

九月了，季节又一次走到这个渡口，时光的流沙，不断冲击，一波又一波，涤荡埋首于红尘的人们。

母亲从大哥家回来的第二天，自个去了美发店剪了头发。我说这个发型剪得不错，显年轻。母亲将将灰白的头发，神态有些窘，不好意思地说："我自己也看不出来，剪得咋样？"

农历九月九是母亲生日。自很多年前外公外婆去世后，每一年的九月九，舅舅和几个姨都会到我家给母亲庆生。慢慢形成了习惯，九月九大家都记得特别清楚。快到这个日子的时候，父亲就会早早地提醒我，然后去街上买菜，准备待客。

然而，最近几年接连发生了很多事儿，先是大舅去世，接着小姨也不在了，再后来是三姨夫和父亲，最近二舅也走了。那些在我眼里曾经顶天立地的支柱，一个个倒塌，剩下几个不健全的家庭，和我们这些伤心欲绝的儿女。每每想起这些亲人，都禁不住湿了眼睛。

父亲骤然离去，让我们兄妹措手不及。父亲在的时候，母亲的生活琐碎由父亲打理，虽然他粗枝大叶，但是督促母亲吃药却记得很清楚。他们两个吵了一辈子，但是自移民搬迁到邓州后便是两个人相守。尽管依旧会拌嘴，但是一会不见母亲，父亲便会满村找她，生怕她脑子迷糊走丢了。少年夫妻老来伴，大抵说的便是如此。

父亲不在后，母亲随着我们兄妹走了。在各个不同的城市穿梭。她偶尔会说想要回家住，却在我们的瞪眼下，不再提起。没有父亲的家，她回去怎么能行呢？

这两年，母亲的生日不再像以前那么隆重了，舅舅和姨们因为各种原因不能来城里给母亲庆生。九月九冷清了许多，母亲的五个孩子，分在四个地方，想要凑齐，太难了。

前几天母亲和我说，她七十二岁了。我惊诧，怎么自己给自己涨了两岁，明明七十，咋就七十二了？

母亲愣怔了，和我辩："我记得自己七十二的，你咋说我七十，我真憨了吗？"母亲自顾自地嘀咕。

大家都说母亲脑梗后恢复得不错，身体挺好，思路也还算清晰，生活能自理，尤其对孩子们的疼爱，没有减少一分，只要兜里有钱，见到孩子们就往他们手里塞。

可是受脑梗的影响，母亲的智力大不如前。她经常丢三落四，老是忘记我交代的事儿。不让她买馍买菜，她偏偏记不住，每天都会去买一些，我说怎么又忘记了。她像个犯错的孩子，说咋又忘记了，真是憨了呢！

回来后，母亲再一次融入垃圾池边的台阶上，和几个老太太一起，守着日出日落，叨叨各自家里的长短。我不时看到她把别人扔进垃圾池的废纸箱捡起来，堆在一旁，等着捡垃圾的老太太来送给她。

日子相互追逐着，今天赶着昨天，明天追着今天，一刻也不停歇。

"自古逢秋悲寂寥，我言秋日胜春朝。晴空一鹤排云上，便引诗情到碧霄……"秋日，因了母亲的生日而温馨很多。

翘首期盼中，九月九来临了，早上给三哥打电话，让他喊母亲吃饭，我需去订个蛋糕，尽管母亲的五个孩子不能凑到一起，但生日是一定要过的。

第四辑 ／ 远方不远

「 情深一株勿忘我 」

一

"关关雎鸠，在河之洲。窈窕淑女，君子好逑……"想起这句诗，就会念叨爱情。好像这世上所有的美好，都是在水一方。经年的爱情，极其浪漫，抬头去看，却发现那么远。也许浓缩的美好，只能欣赏，不能触碰吧。

她听一首歌《我有故事你有酒吗》，唱得很忧伤。怀旧的情绪瞬间在心扉蔓延。那种类似说唱的调子，带着辛酸，带着忧伤，带着看透尘世的道白。瞬间就增加了氛围的伤。或许是年纪的原因，听不得此类歌曲，很容易陷进那种伤情之中。闺密说她多大的人了，还带着小女孩的情怀。

她会想起许久以前的事。那时候，也是在河的一边。她和他相对而坐，青的草，碧的水，绿的叶子，还有白的云。四月太美，繁花似锦的季节。乡野，轰轰烈烈的花开得热闹。他和她的爱情在那个时候萌芽。像什么呢？嗯，像是一盘朝阳的向日葵，带着骄阳的暖，也像长在山坡的含羞草，碰一下，便缩回手脚。

他乐，笑得特别憨厚。她也笑，带着女儿的娇态。

他那深情一望，对她而言，便成永恒。

后来，他把一株开着蓝色的花儿放在她手心，然后走了，再也没有回头。她没有挽留，就像她后来说的那样，世上总有这样那样的遗憾，他们本就是不该相遇的两个人，在人生的轨道上，相遇是偶然，分开是必然。

那花，蓝的瓣，黄的蕊，五片组成一朵朵圆形的小花。"勿忘我"，多么深情的名字，她从来没有想到，在山野经常看到的，蓝色的小花，竟然有如此温馨的名字。

她看"勿忘我"的花语，原来竟然是"请不要忘记我真诚的爱"。她捂着眼睛，再也不想说话。

多年后，她蜗居一室，拿出那朵夹在日记本的"勿忘我"。干枯的花儿，在岁月的风化中，早已褪了颜色。只是那段情，在心中，始终没有掉色。她想告诉远方的他，却找不到邮寄的地址。

二

"昨夜雨疏风骤。浓睡不消残酒。试问卷帘人，却道海棠依旧。知否，知否？应是绿肥红瘦。"她喜欢李清照的词，沉浸于哀伤的情调，多年如此。

她一直记得他说的那句"你永远在我心里种着"。

为了这句种着，她痴心不悔地守候。只是他负气地离去，再也不愿意给她留下只言片语。爱情就像流水，去了，就去了，拦截不住。她独自在一条名叫"人生"的路上走，没有停止。

路上，她遇到很多风景，有山川、有河流，还有花草树木，很养眼。

更多的，是遇到了许多人，胖的、瘦的、男的、女的。她和他们擦肩而过，在平行的、相反的路上走。谁也不是谁的谁。

她无法掩饰内心的空旷，比水还深的寂寞，比沙子还多的痛苦，如同野草，在心里疯长。她把美好给予未来，等待一个送花的人。这一等，过去半生。

她依旧是孤独的旅人，一个人走。

那年花开时节，她去看花。还是青的草，碧的水，绿的叶，大团的云，白得耀眼。她伫立水边，凝望一方。她的目标清晰也明确。远方，有欢喜的人群，有热闹的笑声，她看见一对璧人，在河的对岸。

他还和当年一样，笑得憨厚。只是她看得很明白，他的眸子隐藏忧伤。那一刻，她有窒息的感觉。只是，等她抬起头，再次看过去的时候，便是一片白茫茫的色彩。河水，无边的辽阔，远山，模糊的朦胧。

有些花，开了，便开始凋谢。有些人，分了，便难以再聚首。日子，就是日子，谁也不能耽搁下一天。那些迎来送往的人，或擦肩，或相望，总有一些，留在心底的某一处，成为记忆。

朝花夕拾，红烛流泪。

冬天越来越近，雪在可以触碰的空间之内，不断张弛。坐在山上的枯叶开始呻吟，风还在沉默，云低垂眉梢，静态的、动态的，一切物体，眼巴巴看着，她在时光里迷路了，每一天都在重复同样的细节，走了许久，痛了许久。

她和他的距离，叠加在一朵花的方寸之下，一片一片，碾碎成灰。那些故事，疼了经年写过的文。回头一眸，却是远在天边的时光彼岸，她一边看枯萎的花，一边慢慢生长新芽。

三

她埋首于尘世。过往的片段太多，以至于总是"才下眉头，却上心头"。归拢的细节太碎，她把日子装进箱子，锁进心扉，遥远的便不再遥远。旖旎的风景，恰恰好，装饰岁月。

月亮缺了又圆，圆了又缺。她在月光下，心里盛开一朵花。一朵蓝色的花，那花的名字叫思念，也叫"勿忘我"。

她把那一朵花插入笔筒，用浅淡的语言叙述。有时候，她会轻轻吹拂，心就微微地颤抖了。窗外飞舞的叶子凌乱无序，她将阳光植入，一切便有了温度。窗台开始掉落故事，一层层的尘埃漫漶季节，她写进光阴，一天一天。

渐循渐进的日子，她看一道风景：四五十岁的妇人，每天早上搀扶着因脑梗而无法正常走路的男人。男人的胳膊揣在她弯曲的臂膀里，大半个身体靠在她身上。他们沿着小区并不平展的路走。

那条通向街头的道路很远，远得她似乎看不到尽头。那条小路也很短，短得她每天都能看到他们。妇人挽着男人胳膊，一边走，一边说着什么。

一双人影，就这么在红尘里走。

那天下雨，妇人右胳膊圈着男人的胳膊，左手撑雨伞，雨伞几乎全部倾斜在男人那边。妇人的衣服全部湿透。男人努力，用那只能动的胳膊，想把雨伞推到妇人这边。雨中，推来让去的雨伞，像朵花，盛开着。

她捧起那朵"勿忘我"，压在书的最后一页。

　　她抬眼看窗外，树影婆娑，阳光温暖。心底的梦正以欢愉的方式呈现，那梦迎着阳光，散发炙热，尘世的尘以不可避免的姿势跌落，她保持一种心态，将命运的远决定，开始腾飞高度。

「 远方不远 」

二十多年前她寄照片来，照片中的女孩十七八岁，戴着一顶圆形的帽子，上穿蓝色毛呢，下身穿格子小摆短裙，手扶一树紫色的花，身后是一溜紫色花，如同花海。她眉眼含笑，目不斜视，欢欢喜喜地看着远方。

她说那开得热闹的花，叫"紫丁香"。说住的城市，一年四季都开这种紫色的花，所以她在紫色的海洋里尽情徜徉，带着浓烈的花香，那香气里也有淡淡的愁绪，她说想我了，在一个叫"心底"的地方，郑重写上了我的名字……

她隔一段时间就写一封信来。有一次，她寄来一张明信片，那上边也是紫蓬蓬的丁香花，她一笔一画地写了七个字"明月千里寄相思"。还说，我们要做一辈子的好朋友，谁也不要忘了谁。我说好，那封信我一直保存着，现在发黄了，带着岁月的味道……

她在昆明，一个名叫"春城"的地方。她十岁的时候，父亲患癌症去了。母亲年轻，带着她寡居，她十三岁的时候，母亲向前迈了一步。这一步，她接受不了，借着叛逆的青春期，和母亲胡搅蛮缠。她在学校不服老师的管教，惹是生非，吵嘴打架，公开谈恋爱，抽烟喝酒，坏孩子做的事儿，都让她做了个遍。母亲无奈之下，把她送回已故前夫的老家，一个坐落在豫西南的小村庄。

她很漂亮，带着城市人的气质。她的眼睛里充满了同龄人不该有的忧伤，她唱还没有流行到乡村的歌曲，她跳我从来没有见过的舞蹈。

三百六十五天说长不长说短不短，我和她的缘分，却硬是把这段日子拉长了，和岁月一般长。她走的时候夜很黑，北风呼啸而过，带着啾啾的声音。她拉着我缩在棉袄袖筒里的手，哭着说不要忘记她……

几年后，当我收到了一封带着花香的信时，眼泪淹没了曾经走过的路。那段断了线的情谊，再次接上了。后来的日子，有她，有我，特别好，尽管隔得很遥远。

前些日子同学聚会，说着说着就说到了她，我的思绪随即飘过千山万水，飘到了那个喜欢丁香的女子的身边。因为婚姻的波折，她再婚后和先生一起去了大洋彼岸，连接我和她的线，又断了一截。

如今，每每看到丁香，我总会想起她，那个置身于紫色花海的女子。不知道他国的丁香是什么颜色，是否也是紫色？香味是否袭人？

博客里有一位关系很好的兄长，文章写得极好。有一次，他发了一组照片，一位男士走在铺满鹅卵石的小径上，周围是一蓬蓬紫色的花。他走在迷人的花海里，他问："看我像不像'花魁'？"那一瞬，"花魁"二字直击我的心，在我的潜意识里，"花魁"应该属于秦淮河畔，属于画舫里的莺莺燕燕，抑或者是开在寒冬的梅，开在春天的兰，而他却把自己喻为"魁"，我不知该怎样去理解，也不敢去想，生怕触碰到那一抹伤情。

他说："俯瞰瞻瞩风抑扬，从头便是断肠声。"还说："如果这些花儿是我的，那我一定会转赠给一个人，一个我深爱却得不到的人。"

那时候，我们这些访客都在揣测，那个住在他心底想让他送丁香的女子，该有多么的优雅。他说美丽是天生的，而优雅不是。许多年以来，我一直在想，优雅的本身是什么，是腹有诗书，还是吐气如兰？是天生丽质，还是矜持贤淑？

紫色的丁香，二十多年前认识了它，源于她发来的一组照片。不管是同学的她，还是博客的他，他们都喜丁香，却在情感的路上颠簸着。自此，丁香于我而言，是情伤的花，那紫色，便深深地印在了骨子里……

前年，我居住的小城，投巨资沿河修建公园，园林中该有的花卉树木，公园均有，品种繁多，这其中便有紫丁香。

四月芳菲，丁香忍不住寂寞，闹哄哄地开了，一株株并不高大的枝干上，一蓬蓬的花，细细碎碎，密密麻麻，挤在一起，抱成了团。花儿在枝顶端，淡紫、蓝紫、红紫，那紫，带着贵气，带着迷蒙，无形中，似乎也带着淡淡的紫愁……

我在丁香花中轻悠漫步，学着那个女孩扶着一株丁香拍了照，那种感觉，欲说还休。也曾学他走在鹅卵石上写诗，奈何"青鸟不传云外信，丁香空结雨中愁"。我和诗人李璟一样，于春日思念着远方的友……

我只想托盛开的丁香花，带上我最真的祝福，让那个漂在异国他乡的女子，和那个在北国写诗的男子，闻一闻浓浓的丁香味。

「 你曾踏月来 」

张爱玲说："也许每一个男子全都有过这样的两个女人，至少两个。娶了红玫瑰，久而久之，红的变了墙上的一抹蚊子血，白的还是'床前明月光'；娶了白玫瑰，白的便是衣服上的一粒饭粘子，红的却是心口上的一颗朱砂痣。"

这句话是丫头告诉他的，并且问他："我是你的什么人，是你的什么花？"

他没有读过那本《红玫瑰与白玫瑰》，不知道剧情是什么，也不想在这样的情况下，回答。他想说，你是我的"白莲花"。又怕伶牙俐齿的她反驳回来，问一句："白莲花和红莲花谁最重要？"

这样的问题就像妈和老婆掉进水里，他先救谁。一个问题，最好有两种解答。

他脑子像过电，闪与她的过往，在新年的第一天，浮想联翩。那会儿，他和丫头是同班同桌，遗憾的是，桌子上画着一条线，谁也不敢逾越。那条线陪伴他们一年后，分班，以后的交集便少了许多。

二十多岁时，当媒婆踏进门槛的时候，他想起了那个齐耳短发的女孩，噘着嘴巴画线的样子，蓬蓬松松的头发，甩动一下，又甩动一下，秀气的脸上，一左一右两个酒窝，脸上，因为做不好数学题而皱巴着。

他忍不住"扑哧"一笑。她的样子，就如心湖里投落一枚石子，落进去，激起无数涟漪，翻转来去，旖旎万分，再也无法抹去。

他下定决心，要去找寻她。盛夏，天忒热，他几经打听，终于找到她的村子。开了几次口，询问好几个躲在阴凉下的老人。竟然说村里没有这个人。他觉得不可思议，同学明明说她是这个村子的，为什么会查无此人呢？

他待在一家门口的池塘边，心里挂满失落。那池塘有三个，两个大的挨在一起，一个小的在两个大池塘下边，那是一池子莲藕。此时，绿色的荷叶葳蕤到极致，绿得能滴出水来。在绿色的荷叶中，洁白的莲花像怒放的生命，以肉眼可见的速度铺开，在荷塘中摇曳，洁白如玉，一尘不染，美轮美奂，恍如仙境。这美妙的一幕，让他更加想念那个女孩。

那天，没有找到她，他带着无尽的遗憾，怅然离去。

从此，桥归桥，路归路，他把那个白莲花一般的女孩，深深藏在心底。"春心莫共花争发，一寸相思一寸灰。"李商隐的诗，让他更加落寞。日子，一日一日，从手心流走，沙漏出许多不同的颜色。有时候他会想象许多不同的细节，蓦然惊醒，却是南柯一梦。

许多年后，同学聚会，最后来的那个女子，袭一身白裙，脚步轻盈，神情恬静，一脸巧笑嫣然，静悄悄地站在酒店门口。

他以为眼晕，揉了再看，揉了再看。却发现真的是她。时光褪色了幼稚，岁月赋予她诗书的味道，如同缱绻的音律，三分清纯、三分质朴、三分成熟、一分抑郁，如点点繁星载入其中，她的身上便有出尘的味道。

呼吸有一瞬静止。他看她，像遗落在时空的白莲花，洁白的花瓣崩碎开来，偏偏花瓣充斥偌大的虚空，化作花瓣雨朝他头上罩下，每一片花瓣都能切金断玉，把他的心撕得四分五裂。他保持那样的站姿，似乎周身空间停滞。

她看他，眼睛微微眯起，光滑白净的脸上似乎有了表情，慢慢勾起一个微妙的弧度，她像是从时空赶来的精灵，因了他的存在而变得没有温度，她的眼睛溢出晶莹的泪水，像两条小溪，冷清清的，流之不尽。她哭了，他心疼了，揪着疼……

那个节点，无意外地，被两个人同时保存。

他说："为什么你们村里的老人说没有这个人。"

她说："村里的老人都喊小名，压根不知道我的学名。"她还告诉他，她家就在那两个大池塘边，那一池子白莲花就是她家的，本来养的是鱼，被她栽了几截莲藕，就开了一池子白莲花。

他扶脑叹息，悲催地错过，竟然源于一个名字。现在，他终于知道了，她的小名叫"丫头"。

他们的爱情，在光阴里触碰。她纤纤玉手伸向他的时候，他有种拈花入怀的飘逸感。

她说爱了就是爱了，错了就是错了，存着吧，放在心底，后边的一段路，默默地陪着你走，思念着也挺好。

他像枯萎的野菊花，在风雪飘来的日子里默哀。她像圣洁的白莲花，绽放在那年夏日的虚空里。他们以空间为暗号，一个南，一个北，这个距离写满思念，画满风花，她写着，他读着。

岁月迈着潇洒的脚步，一步一步走，热情从容。日子里，他捂着胸口，撩动风雨的爱情迟到得太久，相思的风雨从朦胧走向青葱。

他奔跑在冬季，那一朵白莲花，放在心口，适时添香，明亮一段路程。

「 雪花开，入梦来 」

昨晚，做了一个很深的梦，梦里是遥远的时光，在一片银白的地上，他就站在身边，对我说什么，还用力扳我的肩膀。我噘着嘴发脾气，他便松开了手……醒来后，夜还深，冬夜的深沉包裹着我，可心还在梦境里，被一遍一遍地抚摸，一种柔软，温润得像玉，滋养久违的幸福和甜蜜。

眼睛盯着黑暗，旧时光扑面而来，如同发黄的书页，惊起过往的青春和阳光。

光阴似月如云，化作片片飞舞的断章，填充在脑海，不经意间，触动那些来来往往，时空的隧道里，有那么一些插曲，像酒，陈年了。像花，落地了，像刀子划过的伤，留下一道痕迹。

他来的时候，下着雪，雪白的精灵舞动整个世界。夜晚的雪，黑中带亮，一切沉静的物体都染上了白色。他也一样，顶着一身雪花，咋咋呼呼出现在眼前。那一刻，有短暂的眩晕，带着不可思议的神态，看他，目光是询问，是疑惑，多年分别，以这样的方式重逢，很意外！

雪一直下，大雪，让夜晚开一朵花。

他是这一生写过小纸条最多的人，那字像人不规整，带着匪气的杂乱。却是藏在心里最深的、梦里出现最多次的人。那时候年少不懂，明白的时候，已经错失在时空的轨道上。开往未来的列车，一人坐一节，再无交集。

那晚，我们站在池塘边，顶着雪花。两棵大榆树，一人靠一棵，身后是偌大的麦秸垛，前边是池塘，影影绰绰的水上，似乎结出一层浮冰，雪花没有沉水里。

这样的夜晚见面，少了浪漫，多了湿气。就像这段懵懂的爱情，无言。我伸出手掌接雪花，映着脸，落在眉眼、鼻尖的雪花，亦如淡淡的女儿情怀，有凉丝丝的欢喜，也有冰心的透彻。

那年冬天，他来了三次，我虐心地狂喜过，小鹿撞击心脏的跳动也产生过，他的脸红得像落日的晚霞，我能感觉出，那滴水的柔情。他扳过我的肩膀，很郑重地说，我喜欢你……

"我喜欢你。"是他说的最亲密的话。我轻轻地保存在心里。

许多年后的一个冬夜，竟然梦到那个场面，情景重叠了。别人说："如果夜晚梦到一个人，那说明，那个人一定在想你。"我在黑夜里沉思，是他想我了吗？心在黑暗里，仿佛被什么温柔地击中，就像穿透光阴的石子投入时空的湖，心底泛起一股股美好。像那晚的雪，洁白、纯净、无瑕，带着绵绵眷恋。

仓央嘉措说一个人需要隐藏多少秘密才能巧妙地度过一生。我不知道在心底的深处，究竟藏了多少无法言语的秘密，这秘密中他定是存在的。成长的故事，太多，每一个脚步都是繁华的散文，写一段，读一生。

我不知道他如今在何方，也不知道梦到他的时候，他是不是真的在想我。但是，我想，在他心里的秘密中，也定然包裹着我。这不是猜测，而是感觉。就如那个落雪的夜晚，我记得那么清楚，那么对于一个喜欢我的人，又怎会忘记？

他选择一个雪花开的日子来找我，让漫长的岁月中，每一个冬天都长满故事。

这个夜晚，隔着窗帘看窗外，思想如同长了翅膀，飞向久别的地方，在那里，有雪，有树，有麦秸垛，有冰雪覆盖的池塘，有他，也有我。我想告诉他，好好爱，梦里花会开的……

张爱玲说"也许爱不是热情，也不是怀念，不过是岁月，年深月久成了生活的一部分"。我想，他可能就是我生命的一部分，在红袖添香中，日久年深成了梦境。

四季的风飘过，飘出青春岁月，那岁月是青春闪亮的情节，如山野的青草，每一株都开花，每一株都长着耐人寻味的细节，有了这些，于是，握在手心里珍惜。

烟雨红尘，有些人像花，开在阳光处，那花便耀眼。有些人像树，长在僻静处，那树便有了硬度。有些人像草，藏于犄角，便隐藏得深些。还有一些人，像流水，一直在心头流动，那日子，就长长如水流……

「 遇见对的人 」

元好问的《江城子绣香曲》这样写它"吐尖绒缕湿胭脂。淡红滋。艳金丝。画出春风，人面小桃枝。看做香奁元未尽，挥一首，断肠诗。仙家说有瑞云枝。瑞云枝。似琼儿。向道相思，无路莫相思。枉绣合欢花样子，何日是，合欢时。"

他的"合欢"很美，却带着淡淡愁，那愁是断肠诗，是挂在枝头的琼儿，是无尽的相思。他的"合欢"带着期待，带着询问，带着红尘的烟雨，逶迤而来。

我也喜合欢，那合欢长在枝丫上，高高的，像琼枝，屹立在公园的路边上。

夏日清风拂过，那花在枝头摇曳，轻飘飘，像拂过心海的涟漪。花，粉红，很绒，淡淡的香味钻进鼻孔，左右都是柔软。从地上捡起一枚跌落的花，放于掌心，根根纤细的花芬、花萼，像豆蔻年华的女儿，羞涩着，柔软着。那氛围，太美。

"合欢"是恋人和情人心中的花儿，处在柔情蜜意中的人儿会把这花绑在掌心，撑开一个个逶迤然的季节，饱满了腻腻的甜蜜，燃亮了日子。合欢长在路边，看红尘中的美好和一切不美好。

她也喜合欢，是捂在心尖的喜欢。在异乡的土地上，那合欢花像扇子，扇疼她的心，疼了许久。

她十六岁的时候，和一个大她七八岁的男子一起，从居住的小乡镇坐车，颠簸了三个小时，下车。然后，他拉着她的手，步行，翻山越岭，又走三个小时。那座山真大，从山脚下往上看，只能看到白茫茫的云雾，那雾在山尖盘旋，一会儿散开，一会儿又拢到一起，幻化成一个又一个景观，像是提前彩排好的。

她说："好美。"

他说："没有骗你吧！"

在大山后边，那间青石砌成的屋子里，她成了他的妻子。一年后，做了他儿子的妈。

她三十七岁的时候，抱着刚满月的孙子，亲了又亲，泪水像七月的大雨，擦都擦不及。

儿子说她，非要走吗？这样走了，以后你怎么回来？

她哭，说不出来话。最后，狠狠心，提着装满衣服的行李箱走了。他跟在后边，恶狠狠地说她，别忘记了，你答应还的三万元外债。她没有回头，孤零零地走了，像候鸟，不，像一只孤雁。那会儿，故乡的天正冷，和她的心一样，冰凉、冰凉。

在远方，她没日没夜，不到四千元的工资被分成三份：一份给儿子；一份还债；一份是自己的生活费。婚是她提出来离的，条件是净身出户，还得替他还三万元债务。为了不再挨打，不再挨骂，她走得很果断。

三年后，她站在异乡的合欢树下，看那粉红的花，一扇一扇，把她的心扇乱。

那天，她喝多了，借酒浇愁。原因是故乡的他，竟然一遍一遍打电话，发信息，说要她回来复婚。还威胁她，要是她和别人好，就怎么怎么……恐吓，赤裸裸地恐吓。她抱着酒瓶子喝，在异乡的街头，哭得天昏地暗。身边的合欢花散落一地，片片都是伤。

他站在她身边，任凭她喝，待她哭够了，才拉起她，轻轻拥在怀中。什么话也没有说，就那么站着，彼此能听到对方的心跳。

她说："认识了一个他，人还好，对我也不错，怎么办？"

我说："那就好着吧，一辈子太短，趁着你还能爱，去爱吧，有了爱的人生才不会留下遗憾。"

她说："这么大年纪了，竟然玩起了心跳，是不是傻了。"

我笑："那才是爱，没有心跳，就爱不了了。"

她说："那年坐车颠簸得腰疼，下车又走三个小时，脚都磨破了，那间青石板房子太黑，如今怎么想，也想不起来什么是温暖了。"

是的，那座山很大，大得超乎想象。山上树木也多，遮住了光线，缝隙里流出来的太稀，让日子都薄凉了。那山里，也没有合欢花，不懂得世上的温馨是何物？那山太大，而她太小。

微信圈里，她发自己唱的歌《等你等了那么久》。男女混搭唱，女声是熟悉的声音，只是没有当初在一起时候的欢快了，那声音里有隐藏的暗殇。我忽然心疼，想起一句歌词，"鸿雁，北归还，带上我的思念，歌声远，琴声长……鸿雁向苍天，天空有多遥远……"她何时北归，对她而言，没有日期了。

"惆怅彩云飞，碧落知何许？不见合欢花，空倚相思树。总是别时情，那得分明语。判得最长宵，数尽厌厌雨。"我读纳兰性德的词，看合欢花，想世间之情愫。

流年婉转，自经年伊始。时光的手，谁也拉不住。面对岁月这条河，我们能做的，只有珍惜，好好过，莫荒废。

佛曰"缘来则去，缘聚则散，缘起则生，缘落则灭。"我希望，她在红尘里，能遇见最美的合欢……

「 你一定要过得好 」

　　那个池子的水如同天狗咬一口的月亮，坐落在村子中间的一家门前。池子深两米左右，地面上用砖砌了一圈，挂了水泥。池子里的水月牙形，被天狗吃掉的那块是土堆，也算池子的一个"小岛"，那岛的底部挨着水的部分也挂了水泥。上半部分是土，有土的地方种了一圈兰草。

　　在小岛顶上，有一棵大植物，这棵植物每年五月准时开花，那花像喇叭一样，红艳艳，耀红了小岛，和小岛下边池子里的一群小动物。

　　每天下午太阳热烘烘的时候，便能看到它们成群结队地朝小岛上前进，四条腿迈足马力，那段一米左右的水泥路面，像万里长城一样，让它们不时抬头遥望。一步不稳，便四脚朝天，"扑通"一声跌进水中，爬起来后，带着锲而不舍的精神，继续沿着水泥墙往上爬。

　　那种动物我们叫它"老鳖"。这辈子见过最多的鳖，便是在那棵树下，树干有茶碗口那么粗，树冠被刻意地修剪了，是散开的。那棵树叫"石榴树"，是村子里的唯一，比那些鳖讨人稀罕。

　　树下经常坐着一个姑娘，照看"老鳖"的，预防调皮的孩子往水池子里扔石块。

　　那姑娘爱读书。曾经见她拿着《红楼梦》在看。有些惊讶她小学文化竟然能啃动这部大块头。这让我有点刮目相看，有些东西能不能看懂是一回事，愿意去尝试、去学习、去欣赏，我以为，那就是精神的幸福。

她离开故乡的时候，她家的石榴花正在开花，一对一对的石榴花在叶的腋间和枝头飞舞，橙红色的花瓣，晕眩了眼睛，钟行的花萼带着成熟富贵的美丽。她的嫁妆直接放在婆家，怕来回拉，颠坏了。所以，她走的时候，没有大车小车，只有几个送亲的长辈陪同。

她在人群里扫一眼，噙着眼泪，咬着嘴唇，走了。

他是她喜欢的人，给她看《红楼梦》的那个，读了中专，在村里是有文化的一层了。爱情往往带着猝不及防，在还没有做好准备的时候，便悄悄住进心里，一个眼神，一句话，或某一个动作，心儿便盈盈透着清影，就像花蕾的膨胀，悄悄碰触那一抹柔情。他们便是那样，爱得义无反顾，爱得透彻心扉。

可惜，石榴树没有做媒，被天狗咬了缺口的月牙池子也没有牵线。她和他的爱情，在乡村是不被祝福的，尤其是那种古老家族，同一个姓氏的延续，哪怕已经隔了不知道多少代了。更何况，是差了辈分的爱。

她父亲的脸上结满冰，比腊月的冰块还厚。蒲扇般的大手瞬间在她脸上构成五瓣花。狼一般地吼叫，生生撕裂了她的心，那心被粉碎成花瓣，滴着殷红的血，比石榴花还红。那个五月，疼了的不只是花。

他走了，去打工。与她隔着千山万水。

她嫁人了，河南到山西，两省。

故事没有续集。她走后没有多久，那池子里的老鳖被一清而空。连一个鳖蛋都找不到了。池子里的水逐渐蒸发，成了空气，漂浮在村子上空。岛上的兰草缺少人照顾，渐渐成枯叶，衰了。那棵石榴树，开了两年花，结了两年果，被捣蛋的孩子们偷光了。再后来，树被砍了，剩下一节树桩子。

偶尔路过那里的时候，我会坐在池子圆形的墙体上。想想曾经奋力往上爬的"老鳖"，还有那一树红艳艳的石榴花。然而，却再也找不到那个喜欢读书姑娘的气息。

多年后，故乡整体迁移，那时候，石榴已经挂果，少许遗留的几朵花在枝头晃荡，这花我是在其他村子里看到的。"老鳖"池子岛上的那一棵，早已湮没在时空深处。

她回来了，按照国家政策，从这里嫁出去的女儿也会享受到国家移民惠顾。她带着先生和孩子，撒一路风尘，带一身云烟，于岁月深处款款而回。眉梢少了当年的青涩，口音完全异化了，那是外省的声音，没有故乡的一丁点痕迹。

他也回来了，说一口标准的普通话，带着女人和几个孩子。

时间把他们彼此的人生拉了一程。一个在南，一个在北，飞落的水声同风声一起，在阳光下缠绵，斑驳的岁月，疼也疼，酸也酸，过去了，便期待来生轮回的重逢。

碰见她的时候，她和儿子在一块儿，指着那块曾经养"老鳖"的地方，说着什么。她笑，脸上乐成一朵花，像石榴，红艳艳地浸着喜悦。

我时常想起她和她的《红楼梦》，想起她笑脸的背后，有着怎样的寂寥，在异乡的日子里，心头是否也长出一棵树，摇着过往的点点滴滴，于星光中璀璨，于月牙中蔓延，于梦里遥远，于心头点燃，于爱情而言，蹚过一条河，到达另外一条河……

「 虞美人 」

识得这种花，在友开辟的花园里。那花像是散落在遗世的美人，青碧的叶子如同菜般散开，纤弱的茎上顶着一朵朵锦绣的花。那花，色彩众多，花瓣薄如蝉翼，在花卉中显得特别耀眼。

友说那花叫"虞美人"。我有短暂的晕眩。虞美人，那首传诵千古的经典之作。从大唐旖旎而来。"问君能有几多愁，恰似一江春水向东流。"于我而言，遗憾的是不会填词，我所能理解的，便是沉浸在这经典的佳作中，久久回味。

因了这首词，千方百计寻来"虞美人"。秋日，拿起榔头，奋力挖地，秋末，天气转凉，细小得如同轻沫的花种合着几把碎土，均匀地撒在院子中。

三月，那花便打苞，奇特的是，在纤弱的细茎上，顶端处顶着一粒椭圆形的骨朵，那骨朵头朝下，就像一位美人弯腰垂首的样子。徐志摩说：最是那一低头的温柔，像一朵水莲花不胜凉风的娇羞……

待花全部绽开，花瓣像绢花，层层展开，那种美像古时女人长长甩起的水袖，偷偷揾眼，如惊鸿一瞥，极为美观。薄如纱的花瓣，或红、或白、或粉、或紫，亦有花瓣为渐变色。

还有些花瓣的边沿犹如加了一丝花边，层层美丽。花瓣光洁似绸，轻盈花冠，似朵朵云，片片彩绸，虽无风亦似自摇，风动时更是飘然欲飞。

那花，似是深宫的虞姬，且歌且舞，长袖飘扬间，泪滴腮红。她听到四面楚歌，也听到战鼓擂动声，她看着他，朱颜含泪，用尽平生之力，终于在他之前，奋力划一刀。那一刀，流传千载，化为娇美的"虞美人"。

找来音乐《虞美人》，耳畔轻轻弹唱，好似美人怀抱琵琶在眼前，葱白的手指，纤纤律动，一曲罢了再一曲。月光下是李后主的"春花秋月何时了，往事知多少"；是苏东坡的"夜阑风静欲归时，惟有一江明月碧琉璃"；是纳兰性德的"残灯风灭炉烟冷，相伴唯孤影……"

虞美人，它演绎一段惊天地泣鬼神的爱情神话。于它的美艳带上神秘和忧伤的色彩。

在我心里，它是一朵花，一朵开在乡间的花。我看花，也想人，想很多很多在脑海一闪而过的人，他们是过客，也是乡村的虞美人，凄美着。

他和她是一对恋人，在乡村的田野里滋生的爱情，那爱情有花和水的滋润，甜如蜜。

他们以为，相亲相爱便能执子之手，与子偕老。无奈，乡村规矩太多，已经订婚的他，想尽办法也没有说服父母退掉婚事，原因是已经花了钱订婚，如果男方退婚的话，女方不会退钱。那笔数目不小的钱是父母一辈子的血汗钱，他们不舍得打水漂。

女孩子见男孩子这边久久不去提亲，经不起父母的劝说和哥嫂的白眼。匆匆接受一笔彩礼，嫁给了一个自己不熟悉的人。男孩子在父母的强硬态度下，娶了那位定亲的女子。按说，这样的结果也挺好。

可惜，男孩抑郁，久病不医，年纪轻轻去了。留下寡居的妻和嗷嗷待哺的娃。

　　女孩子听闻，抱起一瓶农药，跟随而去。听闻这个噩耗的时候，我沉默许久，竟不知道该说什么好。

　　虞美人和罂粟相似，一种是美艳，一种是毒素。在花花草草中，它们是另类的美。就像爱情，也像生活。我想，生命的本意是坚强，如果能挺过去风雨，日子就会再度明亮。

「 月冷寒霜，忽然想起你 」

北方的冬，萧条了。

荒野中萋萋枯草，零落地散落在地上，落叶灌木纵横交错，枝杈做扭曲状，一根根黑褐色的树枝，苍劲地沉默着，像是伸展在宋元山水的寂寞中。几只耐寒的鸟雀在头顶盘旋，久不捕鱼的船泊在岸边。

冬，像划过心海的沙漠，以独有的姿态，呈现在眼前。

寒，从来就是一种与春打着反叛格局的影子。

踩着你的名字，带着与世隔绝的红颜，倾诉着日子的疲惫。你从哪里来，又到哪里去。

歌德说"未曾哭过的人，不足以悟人生"。我对你说，我的人生因你而丰腴过，也因你而消瘦过。

此时，又至冬季，岁月覆盖了日历，却不曾淹没曾经的爱恋。你来的时候，也是这么寒，我围着笨重的围巾，遮着被光阴催化的容颜。你傻笑。那笑，像冬日里盛开的雪花，飘落在孤独的心上。

"寒夜客来茶当酒，竹炉汤沸火初红。寻常一样窗前月，才有梅花便不同。"当有这样的意境了，我一直这么想。

沿着冬日的萧索，走在宽宽窄窄的小路上，冬麦破土，露出乡村唯一的绿色。大片的土地便有了微弱的生机，我吐着白色的雾气，让薄弱的云雾缭绕在麦苗上。

我感受到你精神的勃发和气血的汹涌，你握着我的手，厚重的温暖。我的心瞬间哭了，好似看到了从前情感的筚路蓝缕，那种痛，是长长岁月里艰辛的跋涉，是孤旅路上的压抑和沉重。

你的手，恰好落在结霜的心上，抚慰一段路程。

我无端地就听到了鸟儿的清鸣，听到了草丛中不知名的虫嘤，感受到了河里鱼儿的跳跃。一种清幽恬淡，一种悟透天地之韵，一种空灵心境，落进识海。

那一刻，我知道，你是纯粹的，我也是纯粹的，因了爱。

我们说过爱吗？好像说过，又好像没有说过。说与不说，也都无关紧要，重要的是你懂，我也懂。

一个人的生命就是一个人的遇见，每个遇见都弥足珍贵，包括严寒，也包括苦难。

想起我的一位老友，他说年少的时候遇到一个心仪的女孩，那个女孩率先向他表白。由于一些原因，两个人最终不能双栖双飞。

多年后再见，却是梦一般的唏嘘。女孩爱他太深，不能把感情分给别人，最终结束了父母安排的短暂婚姻，一个人守着他的名字，过了五十年。

半个世纪，从如花的容颜到佝偻的老人，这份执着，令我震撼。

如今，两个七十岁的老人，依旧远山远水地守望，微信里聊聊天，说说话。我不止一次地想，那是一种深到何种程度的爱，才能无怨无悔五十年。

我想，这爱，还是太重了。

我不愿意让你有负担和压力，这世间，爱有多种，遇见一个人，相见欢喜，相处舒服，不能永远相守的，当握手分别，聚了，又散，也是人间风景的一种。就像花开和花落，何尝不是人间风景。

能在时间的方格内，像两本书一般，彼此阅读，也是前世修行得来的缘分了。

「 追忆与你有关的过往 」

一

月下的那轮倒影，伫立凝望；素色裙摆，看摇曳的叶子，悄然落泪。日子悄悄包裹的光景里，挂满萧瑟的青柳。清凉的银灰隔着缝隙，一丝一丝地带走我的白昼。

我拍打着树木，晃动着，祈求一段千年神话。月亮升起，我的梦却泛着白光，树木开始枯萎，以九十度的弯曲萎缩，直至死亡。

经历了大起大落之后，我依旧无法释怀，无法忘记过往，无法忘记你，那些不曾剪断的故事，像锄头一样深深地挖进土地，我甚至听到了"哐当、哐当"的声音。打夯的号子撕搅、崩溃了田间的花花绿绿。

走在时光的隧道，我赤着脚丈量。久而久之，我的心就成了一条又一条的河流，沿着你的味道，一步步分叉，一步步走远。

二

那年立秋，我扯断了电话线。只是轻轻一扯，便断了，此后，杳无音信。

风一直刮，下雨了，没有停的迹象。对于一条条河流来说，亘古便是久远。

日子笨重了，思念像长了毛似的，疯长。骨头咯咯吱吱，关节扭曲成心状，在岁月的屋檐下，点滴硬是杂碎了那块磐石。

山上的树绿了，坡上的草黄了。

我的哭，以无声的姿态，在土地上一点点扎根、扩散。蔓延到旮旮旯旯，凡是有你的地方，全被填满，也许透过城市的夹层，你能感受到，我奄奄一息的生命，骤然间，窜入高空，化成一汪水，随后，凝结成冰！

爱的死角，我哭天抢地，你拎着那根牵绊生命的细线，于昏黄的日光中消失。

飘在颈脖的丝巾，以悲壮的姿势，昂然而舞。合唱的是谁？

三

原野，到处是花儿。

浅红、淡绿、金黄、粉绿、雪白，一片片，一洼洼。

能叫出的花儿名有限。花儿如颈脖一般，细得让人心疼。或许因为细小，它们显得孤单，或许，因为细小，它们让我怜爱。

我和细细的花儿一起，在山坡上偷一点日光，不多不少，正好填补内心稀缺的光芒。

风，一如既往地来了，细细的花并列摇动。风，摧枯拉朽般地肆虐。齐脚脖深的花儿，微笑着，坦然磕首的同时，撒满馨香。

也许，它们已经习惯了这样的生活，没有怜悯，没有庇佑，只能仰着细细的、小小的、凉凉的颈脖视死如归。

而我，掏空自己的内心，却换来一场失语的对白，时间停止呼吸，黑暗遮蔽沉重的心事，埋葬在花儿的隔壁。我彻底无语。

四

夜深，千家万户的窗口，灯光逐渐熄灭。一个失意落魄的人，正在以自己的方式书写。灯光做证，微弱的灯光直抵我内心的时候，已经失去了原有的色泽和温润。

窗外有风，风的响声湮没了我嚅动的嘴唇，血的颜色在屋子里蔓延，我想以自己的方式告别，握紧的手却没有伸开，那里藏匿还没有说出的话。

寂静作为一种状态，即将被覆盖的时候，天籁传来语言。我听到了，那是一种叫作心灵的东西。

空间的狭缝中，我找寻着、摸索着，书写仅有的片段，曾经的风花雪月，悲喜哀怨。

远处有星星，闪烁而过，用一颗即将坠落的身体证明，星光只能藏匿在心中。你是谁的谁，我在病态地呻吟。

五

站在风中，我以飘飞的状态舞蹈。在梦幻中，我遥望到一片苍茫的辽阔。那种轮廓，无端地让人陷入沉思。

季节又一次轮回到岁末。只是弹指间，喜的喜，愁的愁。

那只停在风中作别的手，与我越来越远，其实，你早已与我很远，只是我一厢情愿地不愿拉远。我把撕下的台历湮灭封存，把那些纷乱的日子搁浅，画上句号。

面对残酷的场面，面对这盘残棋，我也是必须学会冷静。和风一样，宁静地站着。

你在哪里，我又在哪里，一切都不在意。

六

空间的尺度，只能容以倦怠的身子支撑疲倦的思维。

隔开时代，分明看到落泪的潮红，叩响心门，季节的脉搏，瘦了几分。

阳光静静地，亦未走近，亦未走远，影子强硬地拽着。我纷乱的青丝，飘飘缕缕的思念，全是你的名字。

捡起笔，铺开卷，我写：衣带渐宽终不悔，为伊消得人憔悴！一种情怀慢慢袭来，淡淡的伤感于音乐中越发强烈，假如爱有天意！

我拼了命地攀登，于时光的荒野里穿梭，在山野的棱骨上叫喊，生怕一不小心，丢了自己！

七

该忘记的，还是得忘记。

我看了看门口那棵树，它从冬天出发，泊于初春，行驶了一段历程，花费了一季精力。

这期间，听到的，只有呼吸！

时间的碎片，驮着光，于有形中无形，你仓促离去，终究于无形之中！

长叹，不再是风的权利。夜里，我经常听到，咳一声，念一句！

窗帘是什么颜色呢？乳白、暗黄、碎红、天蓝，幻想了半生，终究一无所获。

天哪，你带走的竟然是整个世界！

我，该何去何从？

「 流年 」

早上起来，拉开窗帘，有雾。日光像是昏睡许久才张开眼睛，带着惺忪的懒样儿。山峦被蒙上一层神秘，高低错落的楼层，在雾罩中如同梦幻。近前，有孩童相互嬉笑，闹哄哄上学的声音。一瞬间，心头没来由地悸动。光阴如古老的大手，撕开日历，化作并不连贯的过往，如叶纷飞。不经意之间，便惊起一地昨日的黄花，便盛开在眼前。

那时，学校高墙之外，有一大片被平整过的土地，层峦起伏。种了千百年小麦的土地上，栽了旱稻。看惯了麦子的我们，初次见到摇头晃脑的稻苗。那种欢喜，像是灵感乍现的一首诗，美化了灵魂。

我喜欢秋日的黄昏。沿着窄小的田埂慢慢走，脚踩着松软的枯草，蚂蚱蹦跳着从脚脖上走过。风吹，狗尾巴草晃得越发厉害。成熟的稻子呼啦啦地闹腾。沉甸甸的谷穗在黄昏的光晕下，带着明亮亮的光。找一宽阔处，坐下，捧一卷书，纸香和稻香扑进鼻子。偷偷拆开夹在书中的纸条，一抹红晕便在脸颊。

那个秋天。每一次收到纸条，便坐在那些田埂上。身旁是狗尾巴草，身后是成熟的稻谷，后来是没有稻谷的田。目光掠过眼前的枯草，再看不远处的校园，最后看遥远的村庄。天上白云变幻，晚霞通红……所有的风景像是立体的故事，浇灌懵懂的青春。

冬天来临的时候。他走了，成绩本不好，家里便给找了工作。他离去的时候，那种目光，让我揪心，也让我猛然放松。从此，地埂上，只读书，不看纸条。

那时初懂"关关雎鸠，在河之洲。窈窕淑女，君子好逑"。虽然怀有朦胧的情思，但是经不起时间的哆嗦。

犹记得，坐在我背后的那个帅帅的男生。整天像做贼一样，一再央求："盯着窗户，盯着走廊，老师来了，用力往后扛一下。"我无语含笑，替他打了一个又一个掩护。那些写了字的小纸条，夹在书中，传送到另外一个女孩手中。

许多年的这个早上，我站在窗口发呆。寻找沉寂在心底的那种暖。却发现青春太短，岁月匆匆，成长让人猝不及防，一切都还来不及回味，便已飘远。成了一段不可触摸的往事。而涌上心头的却是世间的浮浮沉沉，黑与白的蔓延，沧桑袭击，沉重不堪。

前日与老师重聚。乍一见面，惊喜之后，竟涩了眼睛。当年英姿勃发的老师，已秃顶，那几缕稀疏的头发贴在脑门上，让我的心忽然一紧。

老师说："这辈子没有大本事，做了教书匠。要是如今再来教你，一定能让你学得很好。"那时他初次走上讲台，虽然满腹才学，却不懂怎么教我们，终究是遗憾。

我说："能让我读个好大学吗？"

老师说："必需的，像你这么聪慧又调皮的学生，只要努力，肯定能。"

我笑着说："那时候的我是不是太让您头疼。"

老师不语，沉默了好一会儿之后，我说："过去了，都过去了。生活会善待每一个珍惜日子的人，尽管我没有读大学，但是我依然感激老师，也尽力把日子过得有质量。"

老师说没想到我会写文字，这让他很欣慰。

我调皮地眨眼，说您忘记了，我最好的便是文科。

老师离开的时候，看着他发福的背影，脑海里不由自主浮现出当年那个第一次走上讲台的老师。那么消瘦、笔直，像一株挺拔的青桐树。

当年，我们那个班级的物理集体登不了大雅之堂。每次年级评比，都是倒数第一。老师急，我们也急，可是急来急去，还是倒数第一。

如今想来，老师那时候的教学方式定是有误区的。不然怎么几十个人都学得如此糟糕。二十多年后，老师面对自己的学生，坦然说出当年的不足。让我觉得这个冬天尽管带着雾色，也是那么温暖。

我想对老师说，这个世间，任何事情都是经过千锤百炼之后才能见到成效，不是吗？中国的四大发明，外国的爱迪生发明电灯，牛顿定律……哪个不是历经重重实验。历史的长河里，沙砾经过亿万次的冲刷才能成为晶体，废铁百炼才能成钢……

学生有第一次走进校园，第一次写字，第一次读书……园丁有第一次备课，第一次走上讲台……老师几十年如一日教书育人，含辛茹苦。我除了满满的感激之情，怎会有怨？

这些年在俗世打拼，经历太多的坎坷，回想起来，人生最美的一段光阴竟然是读书的时光。除了单纯，便是无忧。没有戒备之心，也没有疲惫之感。

人的一生或多或少总是难免浮沉。不会永远旭日东升，也不会永远痛苦潦倒。反复沉浮，对于一个人来说，正是磨炼。我想，如果我们一直保持一种积极健康向上的心态，即使身处逆境、沼泽，也一定会有"山重水复疑无路，柳暗花明又一村"的一天。

「 季节的东西 」

一

据说，过了谷雨，春播的各种苗子便要扎根。

这一天，我种下了一株苗，两瓣叶子，带着露珠，植入泥土中的时候，大地震动了，相思草从此扎根！

叶子上的露珠，映照清瘦的面容，眼睛透视眼睛，瞳孔的世界，萦萦绕绕，没有规格。

天边游来一团云，大朵的，白色的，和棉花一样！天地衔接，绿色和白色，生命与圣洁，我相信，这便是爱情。

是春天，播下的。

那一刻，真的看到你了，深邃的眼睛，似是看苗，抑或是看我！终是相信，佛前等你五百年！

二

越是复杂的东西，越是简单！

譬如春天的花，譬如秋天的黄，一切来之坦然，去之潇洒。

呵，确是季节。

雪说，自己很纯洁，不需要装饰配色。尽管生命的底部是土色，融化的时候，也不需要解释一切！

雨说，从天而下的舞姿，无人抵它。想想是阿，霏霏淫雨，高度、长度，姑且抛却宽度吧，谁与其测量。

季节予我们的，只有付出，没有回报！

我简单地认为，它含射的，应该更多。

行走于季节中的你我，却分明搁浅了，疼了的，是它。

第五辑／茶香满园

「 郁金香的春天 」

她的名字叫"志崟"。看到"崟"字的时候，我心生惊讶。讶然她的父母，对她定是有着极高的期望。不然，一个女孩为何会取一个疑似男孩的名字。特地查字典，"崟"的词义是形容高耸，形容茂盛，如"峨峨"、如"丛林"。

一个女孩，带着巍峨的高度，丛林的葳蕤，该有多大的气场。心念大气场，似乎又回到那片花海中。"郁金香"花卉基地，被眼前的花海镇住了。一排排，一行行，一垄垄，一陌陌的郁金香，红的红，黄的黄，白的白，花片如同层层纱衣，花朵顶生，单个朝上，朵大且艳丽。迎面扑进怀抱，那时，我似乎拥抱了世上所有的美丽。

这一刻，我把两者合二为一。于是，一片郁金香和一个小女孩，迤迤然，娇俏俏，走进笔下。

志崟跟我说，除了紧张的学习之外，最大的心愿是出去看看，看看外边的世界有多大。她十三岁了，去过最远的地方是县城，离家一百多里。她特别想知道县城以外的地方，是什么颜色。也许不仅仅是为了看，或许是为了释放心中的压力吧。

我惊讶，问她压力是什么？

她望着蓝天，白净的脸上，几缕黑发别在耳边，马尾辫高高扎起，带着安静的美丽。似乎在沉思，又似乎在整理顺序，她的眼睛大而明亮，一尘不染的干净。她笑，一对小虎牙露出来，平添可爱。

她说家里五口人，妈妈在家照顾她和弟弟妹妹。爸爸长年外出务工。他说中国这么大，几乎跑遍了，东西南北，哪里好赚钱，就朝哪里奔波，说是只要妻儿安好，他辛苦点没啥。

尽管爸爸说得风轻云淡，随意得很。她还是看出一些不好的存在。比如上次，他看到爸爸的腿上多了一道伤疤。那伤疤像蚯蚓一样爬在他的腿上。

她摸一下那蚯蚓凸梁，手指触碰到僵硬，心尖一揪。问疼吗？

爸爸笑着说一点都不疼，说只要志銮将来考上大学，他就该享福了。爸爸说这些的时候，眼里洋溢着幸福。期待的眼神，让她心里很难受。她咬着牙暗自发狠，一定要把学习搞好，将来考上大学。

乡下孩子，考上大学是唯一的出路。就算是出门打工，至少能找一个好的工作。

爸爸说他打了半辈子工，深知知识的重要性。因此为她报了英语辅导班、作文辅导班、绘画特长班，甚至还报了跆拳道班，说学习是其一，身体更重要。那点辛苦钱像纸片一般优优雅雅落在她身上。

她默默记着爸爸的话。在学校听老师话，回家帮妈妈做力所能及的家务活。爸爸在她心里，是灯塔，是方向，是奋斗的力量，她的终极目标，是为了爸爸有一天不再外出务工。

她喜欢待在乡下的田间地埂，看山野旮旯儿，纷纷扰扰的花花草草，每一株都顶着一朵花，就连满身长着刺的刺芥芽，也开出一朵粉红的花。最好玩的蒲公英，茅草根的花絮，风吹，一絮一絮的随风飘。她闭着眼睛，任凭那些美好刮过脸庞，她相信自己也是其中的一株，将来一定会开花。

我问她除了山乡的花草外，知道"郁金香"吗？

她摇头，说没见过。

我尽力展开思绪，为她描述那片郁金香。用尽美丽婉约的词汇，以求把那些纯洁的花儿展现，给她铺就一幅未来的长卷。她沉浸在我的描述之中，一脸迷醉。

"阿姨，我的理想是当一名医生。"她看着我，不假思索地说出来。

"为什么是医生呢？很多漂亮的女孩都想当明星！"

"因为我看到村里好多人都害病，很凄惨的样子，村子东头的王家哥哥才二十多岁，死了。李大伯，骑三轮车摔到沟里，腿断了。刘婆婆中风，眼斜嘴歪了……"她说许多我不知道的人名。最后幽幽地说到她爸爸。后来知晓，那腿是工伤，从脚手架上掉下来，给划伤的……

"病魔无情，我要做一名优秀的医生，去挽救更多的生命。"她目光中透着坚定，意志里，似乎已经融入医生的生涯了。

我见了很多孩子，这个女孩是唯一一个想做医生的。我把那片"郁金香"花海说给她们听。也只有她一个大胆地举手，说能不能带她去看看。只因我说"郁金香"的花语是博爱、体贴、高雅、富贵、能干、聪颖、善良……

能看出来，其他女孩也想去看花，只是她们不敢说，腼腆得失去了心里的自主意识。

我承诺，春天"郁金香"花开的时候，带她们去春游，领略那大片的美丽。感悟纯洁无瑕的美好。就像她们飞扬的青春一般，那里拥有无边无际的辽阔，更有天然去雕饰的波澜意境……

「 每一朵花，都长满故事 」

一

梅子说每一棵草都会开花。为了那些开花的草，我回到了乡村。

沿着儿时的河畔、山冈、田野、地埂，一步一步地走，脑海里能想起来的花草儿，一样一样地找寻着。

记忆中那些开花的草，不管经过多少年，我离开时，它们在，我回来了，它们依旧在。

它们不离不弃，不悲不喜，不管风雪雨露，不管黄沙烹煮，千百年繁衍生息，它们执着地守护在村庄的前后左右。每一棵草，都顶着一朵花，赤、橙、黄、绿、青、蓝、紫，大自然赋予它们五颜六色，它们便把这大美尽力释放，让长长的岁月都不曾寂寞过。

此时此刻，太阳以花的方式，把暖释放。故乡的田间地头，就有了几朵温度。我一边贪婪地用鼻息吸取着暖阳，一边又慌乱不堪地把空气揽进怀抱。

丹江的风，吹落船桨，摇着的舟楫，起起落落，晃晃悠悠，它们在丹江河面上，把一朵、两朵、三朵浪花，拈起，再拈起，用古老的纸张折叠起来，形成了丹江厚重的历史。那些历史，把大丹江千百年的足迹，

——叙述，一朵浪花，就是一个故事。

大团的云朵，越过了山冈，越过了丹江，在故乡的上空开着花。那些花，纯白的，没有一点杂质。它们就和棉花一样，开在枝头，一朵，两朵，三朵，一筐，一篮，被母亲细心地摘了回来，铺平放进棉麻布，一针一线慢慢地缝合，带着母亲体温的棉絮，温暖了我们一个个腰身。

二

这个时节，故乡的山冈上，迎春花已经开始打苞，那些张开的故事，扑进了我的怀里，一张一弛，铺成了盛大的画卷。我用满腔的柔情抚摸着这片土地，和这片土地上生长的花花草草……

眼前的孩子，挺着小胸脯，站得笔直，头却低垂着。他的眉眼里有欢喜，也有暗淡存在。

我走近了他，想扳起他的肩膀，却发现，这个十几岁的孩子，个头明显比我高了。拍拍肩膀，结实得很，真像一棵挺拔的小白杨。

他抬头，大眼睛湿漉漉的，眨巴了一下睫毛；我分明看到，他的眼底溢出一层水汽。他五官俊俏，鼻高大，脸消瘦，头发蓬松在额头。

他父亲早逝，母亲智力有缺陷。在故乡，和其他父母双全的孩子相比，他是不幸的。但是，因在故乡，他又是幸福的，东家衣，西家饭，谁家先好，谁家先唤，像唤儿子那般。他穿干净的衣，他吃烫嘴的热饭。他和其他孩子一样，在学校安静地读书。

后来，智障母亲也不在了，他被亲戚接去，算是有了个固定的家。

他问我："阿姨，你为什么要写花？"

我说："因为我爱花，花儿最美丽！"

他又问我："那我是一朵什么花？"

我踮起了脚尖，摸了摸他的头。

他羞涩地笑了，那笑像什么呢？我觉得像山茶花。

他说："我是男子汉，将来长大了，要当军人，要驾驶飞机，在高空之上翱翔，飞跃辽阔的山河，近距离瞅瞅云朵的样子，我的梦想，是壮美的，怎么能是一朵山茶花，那是女孩的花呢！"

我欣慰地笑了，笑得他红了脸。

我说："因为山茶花品种多，花朵层次多，颜色也很多，大朵的山茶花美丽极了。就像你所处的环境一样，身边有很多人，东家的、西家的、年老的、年轻的、男的、女的，但是不管什么样的，大家都张开爱的怀抱接纳你，那些爱，就像山茶花，层层叠叠，你就是坐在花朵中间的蕊。"

他带着懵懂的眼神看着我，那清澈的眸子里，有雾，在濡湿……

他说："我会永远记得大家的好，左邻右舍，亲戚朋友，还有老师，美术老师怕我心里有压力，经常给我开小课，讲人生道理，给我鼓励。更有一位素未谋面的叔叔，资助我上学。说只要我认真读书，一直供我到大学毕业。"

我说："是的孩子，你的身边充满爱，你不是孤独的，在爱的怀抱里，你一定能开出最美的花，和山茶花一样，一瓣一瓣，每一瓣都美丽无比！"

他用力地点了点头。

我已走很远，回头看，他依旧站在那里，和小白杨一样挺拔，如山茶花一样耀眼……

三

路过几家门口，摘花生的，打苞谷的，每个人看到，都笑眯眯地打个招呼。乡里乡亲，我便少了矜持少了斯文，也少了在城里的拘泥和奉承。

沿着路向前走，行至小街，来到了一家美发店门口。这是一间搭建在两栋三层小楼房中间的屋子，这间简易房越发显得简陋了。如果不是房子被刷成显眼的蓝色，谁也不知道这是一间开着的门面房。门口摆着一盆大叶子风景树，绿得能冒出油来，无端地就生出了暖。

屋内简单装修了，墙上贴了几张时尚的女明星照片。小店老板很年轻，二十来岁的样子，头发没有城里的年轻人古怪，衣着不新潮也不落后，落落大方。小伙子浓眉大眼，透着精明，也透着稳重。他正忙着，看到我，抿嘴一笑说来了，我点点头，示意他忙他的。

我找个椅子坐下，小伙子赶紧停下手中的活，拿了一本杂志给我，说："姐姐，稍等会儿。"

我"嗯"了一下，算是回应。

小伙子正在为一位女士染发，双手在头上，来来回回，反反复复。女士的头发原本就染得黄灿灿的，像秋后的玉米，现在再次加工，我便有些期待了。

时间不长，女士的头发被清洗干净，小老板三下五除二把刘海修剪，又把发梢稍微地剪了几下。几分钟的时间，镜前的女士明显大变样，显得那么时尚亮丽。

小老板拿起了发胶喷了喷，满屋子的清香，亦如门口绿油油的绿，翠满了屋子。女士自顾自地在镜子前转了一圈，眉心满是欢喜，乐悠悠地走出了美发店。

看着这个小老板，我忽然想起了，在村边看到的那一簇簇的"金钱花"，一堆一堆开得热热闹闹的，全然不顾冬天的寒冷和萧瑟。

小小的花朵，有指甲那么大，米粒般的花瓣，蕊心粉嘟嘟的。花的旁边竖立着一排一排的杨树，一棵棵高耸入云，而那小小的黄花夹在杨树之间，幽幽静静的，丝毫看不出它的张扬。此刻，我眼前的这个小老板，不正像小小的"金钱花"吗？

四

我家院子里移栽的小红果树，叶子基本都枯萎了，稀稀落落，似乎都想掉到地上。我想用手托着它，又怕惊醒了它微弱的灵魂。

为了自己的一厢情愿，我把一棵小树强硬地移栽到院子里。为了想要的绿色，用强迫的手段，把它的生命给毁掉了。这一刻，我真是揪心地疼！

这时，天下了雨，淅淅沥沥，有些冷。移民村的周围雾霭蒙蒙，灰白色的雾气，笼罩着白色的村庄。村庄的一边是一条大渠，水的源头依旧是丹江，丹江的水，这让我感到特别的亲切。

移民至今，有好几年了。墙上的时钟每天都跳出一个新鲜的数字。瞪着这奇怪的符号，我感到时间流逝得特别快，还来不及抓住，就已经时过境迁了。

新邻居，是我少年时最好的玩伴，一天，他和我说："我要回故乡去了。"

我问："为什么？"

他说："离开故乡后，总觉得自己像浮萍，越是住得久，越发思念丹江，就想回去了。"

我默然，不知道说什么好。

他说："回去吧，我回去了，你想回家看看的时候，总有个落脚的地方，至少回家有个饭碗。"

"饭碗。"我重复了一遍，心里就沉重一分。是的，回家需要吃饭的地方。

我知道，饭碗只是一个笼统的说法，他的心里必定有着难以言说的苦楚，那究竟是些什么，我不想剥开，也不想深究。

我们都已经进入中年了，少年的情谊，到今天已经多世故了。带着风霜的脸上，挂满了深深的皱纹。

我不知道他的选择是对还是错，从我的心里来说，是不想他回去的。这样的想法有些自私，我想让他留下，是为了缅怀少年的情谊，也是为了有个谈话的朋友。

丹江岸边，是我们心里的家。对于这个家，都有或多或少的情感纠葛。但是，我懂"既来之，则安之"。我想，只要把心灵放下，无论哪里，都会是家。

他最终带着妻女回到了丹江，那个我们梦里的故园，还是回到当初他来时的那所小学，继续他未完成的教学任务。

梅子说："风会记得一朵花的香。"

我就一直站在风中，朝着故乡的方向，仔细地闻，反复地闻，闻那些被丹江风送来的一缕缕清冽的花香……

「 画中画，美中美 」

她画画，白雪皑皑中一座红房子，房顶上画了烟囱，几缕烟雾，袅袅冉冉、飘飘悠悠、左左右右飞到高空。她一笔一画，在房子的左右两边画上锯齿形的篱笆，篱笆旁，几棵香樟树矗立一旁，树冠上积了一层雪，绿白相映，像是守护，亦是欣赏。

房前一片小菜园，白雪覆盖，露出几片青碧的叶子。她画一个弯腰拔菜的妇人，一串鸡爪图案在妇人周围。她托腮，眼睛细眯成一条缝，眉梢挂着笑，脸上红彤彤一片，如同涂了腮红。嘴巴微微翘起，似乎是下了重大决定，于是，在房子的一角写上"我们的家"。

走近盈盈的时候，她正聚精会神画这幅画，精力集中，完全没有在意我的到来。直到把那几个字端端正正写在画的一角，才抬起头，朝我抿嘴一笑，脸羞得更红了。

石营村，单听这个名字，也知道这个村子坐落在山区，盈盈的家就在这里。离最近的镇有十几里路，她读初中后，便寄宿在学校，一周回家一次。

在山乡，盈盈和许多同龄人一样，有一个特殊的名字"留守儿童"。爸爸妈妈和村里的人一样，在外边打工挣钱。为了一年一度的相聚，盈盈和弟弟妹妹眼巴巴地盼着过年。

　　每个年后，她都希望爸爸妈妈也能留在家中，可是她还没开口，就听妈妈对爸爸说："再出去一年，再挣一点钱，等咱们把房子建起来，就不出门了，多承包几亩地，种庄稼，陪陪娃们。"

　　一年又一年，看着爸爸妈妈提着行李离开家。她的心似乎带着惯性的疼。弟弟小，哇哇大哭，被奶奶拉着串门去了。她和妹妹立在家门口，看着通向镇上的路，一直望着，直到看不到他们的影子。

　　今年暑假，她快开学的时候。妈妈回来了，咳嗽，不停地咳嗽。原本是圆脸，现在都成长脸了。奶奶私下对她说，妈妈生病了，病了好几个月，一直不见轻，南方医院看病太贵，治不起，还是回家好，药便宜些。

　　盈盈走到妈妈跟前，想说些什么，可是多年留守，说不出一句亲密的话。最后说出来的竟是，我不上学了，去打工挣钱，给家里盖房子。

　　妈妈抬起头，惊诧地看着她，眼睛瞪着，有撕吃她的冲动。那长脸因她的话，而变得扭曲，最后却是咳嗽得眼泪往下掉，提起并不强硬的右手，一巴掌挥在她脸上。盈盈呆滞地看着妈妈，这个印象中一年见一次的女人，竟然打了她，是亲妈还是后妈。

　　她决定离家出走，再也不要回来了。沿着山村的路走，走了许久，沿途的村庄炊烟袅袅，她才发现，离家很远了。正午的太阳毒，晒得她皮焦肉烂似的。她紧赶慢赶，终于走到一家靠近路边的房子，找一处阴凉歇息。

　　那家的房子有三层楼，外边贴了红色的瓷砖，在阳光的照射下，发出耀眼的光。门口栽几棵树，树冠像一团云，树叶密密匝匝，遮蔽得太阳连一线也不能落地。她坐在树下，凉风习习，舒爽极了。

　　在树的前边，一排玉白色的尖尖木板，扎成一个长方形的篱笆小墙，和挂历上的画面一样美。篱笆内开满花，花花绿绿，她识得其中的指甲花和太阳花，家里的菜园里也有。

她喜欢上这样的房子，这样的树和这样的篱笆。也想爸爸妈妈建一座这样的房子，栽这样的树。想起妈妈，她后悔了，不该这么意气用事跑出来。妈妈还在生病，想起妈妈，她急不可待想要回家，却发现，七拐八拐走太久，离家多远也不知道了。

她忐忑不安地走进这家楼房内，希望借手机给妈妈打个电话。

一个漂亮的姐姐，亲热地接待了她，并且切了大西瓜给她吃。给妈妈报平安后，她在这个姐姐家吃午饭。在屋内她看到一个离地很高的架子，那上边铺一张大白纸，还有画好的一幅画，画上有蓝天、白云、山野、庄稼，还有一条蜿蜒而过的河流……

"我是学美术的，今年大三了，你喜欢的话，这画就送给你吧！"盈盈接过陌生姐姐送给她的画，激动得不知道说什么好。下午，姐姐骑电瓶车送她回家，走到篱笆旁，她问姐姐，那树是啥树，树冠像云团，叶子还有香味，真好看。

"香樟树。"姐姐说。

新学期开学了，妈妈的咳嗽好了许多。妈妈送她去镇上上学，给她缝新的被子和褥子，帮她在宿舍里铺好床铺。妈妈扳过她的肩膀，很认真地说以后都不出去打工了，在家照顾她们姐弟三个。爸爸很快也会回来，他在外边学了新的技术，回来种大棚蔬菜。

新学期第一周，老师教了一首歌《鲁冰花》。开口跟老师唱两句，她的眼泪竟然哗啦哗啦往下流。才离开家一周，她就不可遏制地想妈妈了。她以为，离开妈妈是最快乐的事儿，没想到，思念是这么揪心揪肺。

中学有美术课程，女老师四十多岁，脸上带着淡泊宁静，声音像清泉一般叮叮当当。盈盈爱上了画画，她一板一眼地画啊画。老师说她有画画天赋。将来可以学美术专业。

她和老师说悄悄话，说暑假碰到的一个漂亮姐姐，画的画太美了，青草碧野，山高水长，犹如一道剪不断的梦想……

老师笑了，抚摸着她的头说："你将来要画的比她还好。"

盈盈抿着嘴，眼睛乐成了一条缝。后来，她知道了，那个画画的姐姐是老师的女儿……

「 心灵鸡汤 」

"心灵鸡汤你知道吗？"冰儿问我。

我愕然，随之点头，是那种抚慰心灵的优美词汇、词组堆砌的句子，而后成就一篇叮叮咚咚的午夜心语。

她摇摇头，小脸上挂着凝重，瞥眼看我一眼，那意思是我没有理解她话的意思。

"不是大人的心灵鸡汤，是学生的心灵鸡汤，是我爸爸妈妈绑在嘴上说的那种。"她想给我解释清楚，却发现在解释中，她自己也糊涂了。

她说每次面对父母，她都会产生一种恐惧感，即便没有做错什么，就算作业按时完成了，也是这样。她最怕爸爸说一句，妈妈接一句，唠唠叨叨，没完没了的鸡汤，硬是要灌进她的脑袋。一遍一遍重复来去的句子，毫无经典可言。他们却乐此不疲地碎碎念，也真不愧他们是老师。恐怕也只有老师的子女，才能享受到如此多的金玉良言。

冰儿的话，句句透着古灵精怪。让我再度愕然。鸡汤不好吗？干吗这么不待见。

她说别人都羡慕她父母是老师，她却怕极了这两位老师。上学见老师，放学了还不安生。人世间，还有比这更悲催的事吗？

我忍不住捧腹大笑。

　　她小眼睛瞪着，说自从上了中学后，鸡汤天天以不同的方式呈现，而且逐渐递增，日益附加，比春天的花朵还多，繁花似锦，应接不暇。

　　"小丫头，这脑袋都装了什么，想那么多，有鸡汤浇灌，是多少人求之不得的事，相对而言，那些父母不是教师的孩子，留守在家的孩子，你不该感到幸福吗？"我拿捏话题，尽量用委婉的方式表达自己的想法。

　　她映着脸，认真地说："我其实也明白他们是为我好，关键是说得太多了，有些话说一次都记住了，不停地说，会烦的。"

　　我明白了她的意思。也许在冰儿心里，她是认可父母的鸡汤的，只是喝得多了，有腻的感觉了。就像生活中，偶尔吃一块蛋糕，甜甜的，软软的，入口即化，会让我们感到奶油的美味和独特，蛋糕的清爽和香甜。但是，顿顿给你吃，天天给你吃，最多吃两天，就会反胃。

　　鸡汤如蛋糕，是偶尔调剂生活的作料，适当地加进去，会让人爱不释手，多了，便会适得其反。冰儿便是最好的例子。

　　那天，我们一起去郊外。冬日的乡村，一片萧条，草木枯败，北风一刮，哗啦啦，呼啦啦，几片挂在枝头的枯叶，零落而孤寂，一切都显得凄清衰败。昏黄的日光照在红砖蓝瓦上，再度增加了村庄的孤独。

　　拖着鼻涕的孩子，穿着臃肿的棉衣，被一双双粗糙的、苍老的大手拉着，弯着腰在村庄中辗转。红尘寂寞，乡村的人越来越少了，孩子和老人，是这里的传说。你不说他们在，你说了他们还在，日复一日，年复一年。

　　看着寂寞的村子，我给冰儿讲我小时候上学的事。

　　有一次期中考试，我考全班第三名，发了奖状。我爹拿着卷子看三遍，奖状反复看，老脸乐成一朵花。最后，他在卷子顶端，唰唰签字，一会儿工夫，卷子顶端那块空白地写满了。还抹了两个黑疙瘩。他字写得潦草，我看半天没认出来。

那次，老师说全班四十五个学生，有一半家长只写一个名字，另外一半的一半写一行字，剩下的那些写得一般。最好的是我爹写的，他在签名中感谢了老师的辛苦教导，指出我的不足，最后还客气地说请老师严加管教，家长绝不护短。

在我心里，那段话，是父亲这辈子对我说的最美的心灵鸡汤。他从来没有当面表扬过我，也没有狠命地揍过我。日子，不咸不淡，没有一点波澜。尽管我是他心中的千金宝贝，他也不会说鸡汤。

儿子上四年级的时候，也是老师让在卷子上签名。那天我心血来潮，一改往日的简单敷衍，长篇大段写满卷子顶端，还拐个弯写到卷子旁边。

晚上儿子放学回来，脸上笑眯眯地，说老师当着全班同学念他卷子的家长签名，说谁谁谁的妈妈写得太好了。好长时间他都陷在甜美的回忆之中。从那以后，无论儿子考试成绩如何，我都尽心尽力签字。因为我知道，认真的家长签名，不仅是对老师的尊重，更是对孩子的鼓励。

多年来，我和儿子的关系都处在几分哥们，几分朋友，几分家长，最后几分才是妈妈的状态中。当然，就这点妈妈，人家都厌烦得不得了。

冰儿的眼睛濡湿了。她说，阿姨，我懂了你的意思。

她抹着眼睛，说以后再也不惹爸妈生气了。会努力学习，以优异的成绩回报他们。那些鸡汤，她慢慢接受，让其融入心海，饱满以后长长久久的岁月。

我抚摸着她的头发，柔软的发丝在指尖滑动。

望着空旷的自然，心生感慨，春有百花盛开，夏有乔木长青。秋到万物颓败，冬来沉寂无声。四季轮回，翻转来去，有些人，走着走着就没了。珍惜当下，那是人生最珍贵的鸡汤……

「 仙人掌，也要开花 」

他说他算是一个比较坏的孩子，但是也沾了好孩子的某些性质。如此率真的说法，让我心生笑意。一个十几岁的娃娃，把自己定性为比较"坏"的孩子，这该有多么天真的心灵，才能浓缩成一团化不开的稚嫩语言。

什么是好孩子？什么是坏孩子？在我的眼里，每一个孩子都是宝贝，都是一朵怒放的花朵。他说名字叫石欢，多好。因了他的存在，石头也能生出欢喜，人世间还有什么比这更美好的吗？

他坐在一角默默写信，那信是写给我的。他说自己会去网吧玩游戏，会和父母顶嘴，会做好孩子不应该做的事，令爸爸妈妈很难过。那神情和说话的语气，让我揪心一疼，不由得想起了种在阳台上的那盆仙人掌。

仙人掌是几年前母亲从丹江岸边老家挖来的，她听说仙人球防辐射，说我整天坐在电脑旁。她理所当然地以为，老家的仙人掌比那个小小的仙人球更好。于是，搭车百十里送来几株带着泥土的仙人掌。我刚打开抱着仙人掌的报纸，便被扎了一下。

我郁闷地嘀咕道："不该拿这破玩意儿来，街上卖的多好看，要这扁扁的野生仙人掌干吗呢？"母亲如犯错的孩子，自己找盆子种上，搬到了阳台上。

此刻，看着石欢的字，忽然觉得这孩子就像那盆带刺的仙人掌，浑身都是刺儿，带着叛逆的劲头。十几岁，正是张牙舞爪的年纪。

他说父母做生意太忙，没有时间陪他，甚至把他从网吧里揪出来，也是挤出来的时间。

他的成绩不太好，当大家都在谈论理想的时候，他拿着父母给的一张钞票揉得稀烂。家庭条件优越，原来也能诞生自卑心理。对他而言，内心期待的是，能被父母好好陪陪，辅导他写作业，假期一家人欢欢喜喜快快乐乐地去旅游，哪怕去最近的乡下也好。

但是这样的日子好像没有，从来没有过。父母太忙，他们说得多挣钱，以后要供他读高中、大学，能考个研究生啥的才好呢。还有将来他要娶妻、买别墅、买豪车，父母给予的前景极其美好，可是他听了却不以为然。

"小白眼儿狼，爸妈做的一切都是为了你！"妈妈抚摸着他的小脑袋怜爱地说，然后拿起手机联系业务去了。他躺在大沙发上，看着空荡荡的屋子，落寞万分。

为了能引起老师和爸妈的注意，他和其他同学组成伙打架，像土豪一般，一扔百元，去网吧打游戏……

他字写得极不规整，像那个自以为比较"坏"的孩子一样，带着不规则的凌乱，凌乱中又透出一丝秀气，恰如他说的那样，沾了"好"孩子的性质。我是这样理解的，他其实并不是坏孩子，而是别人把他归拢到那一类。从心里他不接受，又不得不因为自己某些出格的做法而接受了。

这得多大的强拉硬凑，才能组成一个既"坏"又"好"的总结，我真真是心疼他了！

他说心里真烦，作业做到头都疼，按照自己现在的成绩最多能考个普高。言辞里，有失落的成分。

我在意的不是普高，学校什么样，我在意的是"挺烦"一词。现在的孩子们，这是咋了？十几岁，花一般美好的年纪，怎么就生出这"烦恼"呢？

我把窗台那盆仙人掌拍了照片贴在他给我写的信后边，是仙人掌开花的照片。那仙人掌被母亲栽进花盆里后，偶尔会浇点水，勤快地长出了好几截。忽一天，在仙人掌的顶尖处开出一朵嫩黄的花，黄的花瓣，黄的花蕊，花瓣薄如轻纱，好似绢花一般，花蕊黄得能滴出水来。

那一刻，我心生迷醉，痴痴地看着那花儿，这世上，总有许多不一样的花儿存在着。哪怕是一株长满刺的仙人掌，不也开出美丽的花朵吗？

我拿着仙人掌花照片告诉石欢：你不是坏孩子，充其量只是调皮了些。这些，没什么大不了。谁的青春不放肆？如果偶尔想活动下筋骨，可以找一棵树试试，到底是你打疼了它，还是它弄疼了你？

我和他说，在漫长的岁月中，你要像仙人掌那样，历经严寒和酷暑的磨砺，待到开花时，便会有独特的美丽，呈现在世人眼前……

「 心上一株橄榄树 」

这种长在南方的植物，没见过。可是这个名字却神奇地驻扎在我心里，从来没有动摇过。原因是齐豫唱的那首《橄榄树》。三毛作词，当年初次听到，哭得眼泪鼻涕一把一把。于是，知道了撒哈拉沙漠，知道了三毛与荷西轰轰烈烈的爱情。

远方的橄榄树，梦中的橄榄树，很多人都有过这样的追求和向往。他也是，小小年纪，心里便埋下橄榄绿的影子。

张振说他讨厌学习，讨厌没完没了的作业，每次放学回家，老妈第一句话就是"作业写了吗？你写完了吗？"好像这世上除了作业，没有其他的事了。难道人活着，就得写作业，不停地写作业吗？他觉得好累，好累。

他想去洗个澡，不去澡堂，去河边，清凉一下身心，却发现，这大冬天的，忒冷。他还没有勇气冬泳，那不是他敢干的事。

他想玩会儿手机游戏，却被老妈揪着耳朵提溜起来。老妈的声音可以媲美河东狮了，那嗓门，真大。暴脾气的老妈，想想都头疼。他扶额叹息，啥时候才能长大呢？

长大是张振最为期盼的事儿，最好长到十八岁。因为国家法律规定，十八岁了才能去当兵。当兵多好，既能保家卫国，还能光宗耀祖。

不是说是金子都能发光吗？他认为自己就是当兵的料，只要进入部队，保准能当一个好兵，一定能像金子那般闪闪发光。

那身橄榄绿，对，就是书上写的，歌里唱的颜色。日思夜想，满打满算穿上它，还得四年。这闹人的十四岁，逼迫得2018急匆匆赶来，熬到十五岁容易吗！

他说将来高中毕业，能考上大学就上，考不上的话，当兵是最好的选择。不能和父亲那样做一个矿工。挖矿，太危险。每次爸爸出门去挖矿，老妈都烧香拜佛，担心得不得了。虽然说现在科技发达，矿下作业，安全基本有保障，但是，不怕一万，就怕万一。电视上，还是不断有事故发生，想想都害怕。

过罢年，十五岁。是男子汉大丈夫了，要顶天立地，敢做敢当。他寻思，什么时候能和妈妈坐下好好谈谈，别再逼他学习了，顺其自然吧。在这段过渡到十八岁的日子里，他会努力的，求老妈不要整天绑在嘴上叨叨，那让他感到特别无趣。父母和孩子，除了说学习，还能不能说点有意义的事情呢？

看着站在眼前腼腆的小男孩，我想不到，他竟有这么多的想法。他的絮叨，像一道钟声震在我的脑海里。敲碎我积蓄许久的家长意识。曾经，我也是这样的一个母亲。现在，还有多少类似、相同的家庭正在重复同样的话题。

我陷入深深的沉思之中。望子成龙固然没错，但是拔苗助长有啥意义？古人语，三百六十行，行行出状元。人生道路千万条，总有一条适合孩子。

我想，只要我们把希望放在心上，世界必定会留下一方空间。

这个名叫张振的孩子，一个特别爱幻想，也是一个有自主思维的小家伙。言语里，有明确的目标和理想，也有担当和勇气。可爱的是，还有一大堆的天高云淡，甚至把自己想成了奥特曼，随时可以变出一把冲锋枪，雄赳赳气昂昂。

换一个角度思考，这不正好符合十几岁孩子的心理吗？

他们畅想未来，勇于追求。但是又带着好奇和梦幻，一系列叠加起来，便成了实际和不实际的结合体。矛盾、纠结、冲动、理智……所有的一切，组成一个最频繁的词汇"青春期"。

我给张振说的是，不想学习，即便是当兵，也只是一个兵，不能当一个出色的兵。金子想发光，也必须要提高自身的素质和修养，还是需要知识的武装。

他笑，咧着嘴笑，那笑像冬天的白雪般纯洁。

虽然没有亲眼见过橄榄树，但是其美好的故事，却深深印在心海。在大家心里，保家卫国的军人，是身穿橄榄绿的，那是生命的颜色，是勇敢、智慧、胜利的象征，是国民心中不可侵犯的圣洁！

「 茶香满园 」

"秋丛绕舍似陶家，遍绕篱边日渐斜。不是花中偏爱菊，此花开尽更无花。"看到这座院落的时候，脑海里闪出元稹的《菊花》。橘黄色的花，一朵，又一朵，一片，又一片，朵朵片片都好看。

她坐在小板凳上，就在花的旁边，一朵，一朵看，摸完这朵，摸那朵。看到我们，她笑，脸颊两个小酒窝一左一右，对比整齐。一个身子羸弱的妇人扶着门板，脸苍白，弱弱地唤她："冉冉，请老师进屋喝茶。"

我顿时羞愧。这辈子与教书无缘，并不到知识分子的行列。抹一把脸，让自己厚颜一次，跟着老师朋友走进院子，脚步顿时停住了。

花，还是花，一模一样的金盏菊，铺满院内的角角落落。除了走道的甬路外，一片花的海洋，全是一色的橘黄色。甬道一边，摆着一拉溜簸箕，里边是晒得半干的金盏菊。

冉冉对我们说这些金盏菊都是她种的，这花繁得快，一兜一兜，种子和根都发芽，一两年，就铺满院子，花期长，有时候冬天也开花。她一年四季都摘花晒，冬天不容易晒干，就在锅盖上烤干。

我不解，问她为什么要晒花，既然这么喜欢花，干吗不多种几样花。如女孩喜欢的凤仙花，能染红指甲。大丽花，红的养眼。月季也好，花朵大，月月都开花，多好。

"我种金盏菊是有用的，不仅是为了好看。"冉冉说完扭头偷偷看一眼她妈妈，发现她妈没有注意才小声说，"我妈身体不好，这些年老生病，您们看她多瘦，我爸说是生我的时候受风了，每到冬天，全身哪儿都不舒服。医生说多喝金盏菊茶，可以活血疏通，对她的身体有好处。我就去找了花种，撒在院子里，现在都三年了，每年我都摘花晒干，给妈妈喝，您们看，她的脸是不是红润了许多。"

我和朋友心头拂动，如春风吹过心海，暖意袭身，幸福涌满全身。缘由是一个十几岁的女孩种花、晒花，只是为了让妈妈的脸红润起来。这么美丽的心愿，让我心生感动。

环顾屋子，一边墙壁上贴满黄灿灿的奖状。

冉冉妈妈看我们在打量屋子，欣然一笑说："那都是冉冉的奖状，她爸爸出门打工去了，我身体也不好，这家里家外都是她收拾的，学习不用督促，年年都拿奖状。她班主任来家访，说这孩子只要保持现在的成绩，一定能考上重点高中。"

提着开水瓶从厨房走过来的冉冉，听到妈妈的夸奖。脸"唰"地红了。扭捏地喊了声"妈"。低着头倒茶后。揉着衣角站在她妈身后。

冉冉妈亲昵地看着女儿，苍白的脸上真的红润了，带着满足的笑。

我们离开的时候，余晖倾斜，晚霞照在金盏菊上，红艳艳一片，壮观的美。

冉冉说她的理想是当教授，当教授好呀，教会别人知识的时候，她会很快乐，还有成就感。最重要的是当教授有丰厚的薪水，可以干任何想干的事儿，得到所有想得到的东西。上次妈妈生病，就是因为钱的事儿，家里要买化肥，爸爸寄回来的钱不够用，她出去借，但是如今村子基本都空了，留守的老幼妇孺，谁能有多余的钱呢！

　　她说妈妈那天大发雷霆，对着自己的身子捶胸顿足，恶狠狠地说，都是她自己的破身子，拖垮了这个家。要不是她天天药不断，爸爸挣的钱完全够用了……冉冉的眼睛溢满泪水。她说要是能当教授，就能挣好多好多的钱，有钱了，妈妈就不会发脾气，不发脾气，她的病就能有所缓解……

　　面对这样的一颗心，我沉默到无语。走到院墙外边，冉冉掐两朵花送给我们。神色害羞地问："老师，您说我能当教授吗？"

　　同行的老师看着她，严肃且认真地说："能，只要你努力，没有什么不可能。只要向着目标前进，就能找寻到你需要的一切。"

　　冉冉咬着嘴唇，用力点头。明亮的眼睛，清澈得像一汪泉。

　　我看她，也看花。近处，金盏菊黄澄澄一地。远处，青山玉黛，山路蜿蜒，我的目光越飞越远，越过山峦，进入晚霞满天，那红彤彤的颜色，像极了这个孩子温暖的心……

「 红花红，白花白 」

我一直在心里琢磨，一个孩子是一朵什么样的花，这世上的花草千百种，而孩子却不计其数。那么他们分别该属于哪一朵？

那天，看到她，我明白了，孩子是花朵没有错，但不一定非要冠以牡丹，或月季的名字。不管是红花，还是白花，她们都在春天绽放。你关注，她开，无视她，她也开。她们和季节一样，悄然地生长在红尘的每一个角落。

诗音，这个带着呢喃的名字，令我爱怜不已。也许女孩就该取一个这样令人遐想万千的名字，只有这样，才能不辜负人间天使的美名。

她和奶奶吵架了。因别人说她早恋，传到奶奶耳朵里，奶奶不问青红皂白，直接给她一耳光，说她瞎胡搞，辜负了父母的一片苦心。她捂着脸哭着跑了，跑了很远。她很想爸妈，如果他们在家，肯定会听她解释的。

她一路哭，一路跑，直到天黑也不回去。后来去同学家住了一宿，暗自疗伤。那个夜晚，她失眠了，想妈妈，打从她记事起，妈妈和爸爸就一直在外边打工。差不多十年了，只有春节的时候回来几天，然后又急匆匆提着行李出门，跟赶集似的。

家，是客栈，她和弟弟是客栈里寄存的两个娃娃，爷爷奶奶是客栈的主人。他们年复一年，等待那两个客人来住几天。后来爷爷走了，客栈的主人只剩下奶奶。她支撑一个客栈，明显有点力不从心了。

爸爸说："诗音，你要好好学习，爸爸挣钱都是给你们姐弟俩挣的，你们一定要考上大学，不能辜负爸爸的一片苦心。"

妈妈说："诗音，你要好好学习，照顾好弟弟，等钱挣多了，我们就回来。你要上大学，将来才能找个好工作，有了好工作，才能找个好婆家……妈妈不希望你以后也这么来回奔波打工。"

每一次，离别前，爸爸妈妈都是这么叮嘱她。十年如一日，她能背下来了。

诗音，全身心都是思念，想爸爸，想妈妈。她的思念里，还有少许的恨，为什么，非得出门去打工吗？她和弟弟并不需要大富大贵的生活，只要和他们在一起，吃面糊糊也挺好，没事，红薯她也能吃。她的眼泪打湿同学家的枕头，开出一朵又一朵的花。

第二天早上刚到学校，老师就劈头盖脸地训她，昨晚去哪里了，害得奶奶找到学校，还摔了一跤，摔骨折了，在医院打吊针呢。

诗音懵了，"哎呀"一声，就朝医院奔去。

奶奶躺在病床上，左腿上打了石膏，被一根白带子高高吊着。厚厚的石膏像面团子一般裹在腿上。右手扎了吊针，那悬挂的塑料袋子里边的液体，正一滴一滴朝奶奶血管里注入。

诗音站在病房门口，眼泪像水花一般往下流。她踮着脚，扶着门框，想进去，又不敢进去。她喊奶奶，那声音却小得跟蚊子嗡嗡。

"诗音，我的娃，你昨黑儿去哪里了，吓死奶奶了，来，快过来。"奶奶看到她，通红的眼睛也濡湿了。她三步并作两步，来到奶奶病床前，低着头说"对不起"。

奶奶用能动的左手拉住她，哽咽，哽咽了许久，才断断续续地给她解释，打了诗音后，奶奶就后悔，咋不分青红皂白了，为啥不听娃说说呢？她跟着追出来，老胳膊老腿咋能撵上诗音呢？奶奶以为晚上她会回来，做好了饭等着，还专门给她煮俩鸡蛋。

一等，再等，天黑了，也不见诗音。奶奶急了，把小孙子安置到邻居家，深一脚、浅一脚朝学校走去。她以为诗音会找老师。谁知道学校也没有。最后还是值班老师给诗音班主任打电话。大家疯狂地找她。奶奶老眼昏花，一不小心踩着泥坑，给摔了……

"奶奶，对不起，对不起。"她哭着说，好像只会这一句。

"是奶奶错了，不该打你，你老师都和我说了，你没有早恋，是坏孩子们瞎说的。"奶奶抚摸着诗音的头发。那手粗糙得让她感到头皮被揪疼了。

诗音觉得从那一刻起，她长大了，以后的日子里，尽管还想爸爸妈妈，但是能克制自己，不在奶奶面前说。也不和奶奶顶嘴了，不管对与错，她都放在心里，自我消化。她认为自己懂事了，也许是大家常说的"成熟"。

在医院的那几天里，诗音每天看着身穿白色大褂的医生，进进出出，忙忙碌碌，她觉得那衣服漂亮极了，像一朵白色的花。她在心里发誓，长大后，也做医生，让自己开成一朵花，洁白、纯洁、无瑕、美丽得和天使一样，诗音的梦想在这一刻隆重诞生。

「 想做狗尾巴花的女孩 」

　　她给自己悄悄起了一个名字"凌扬"。她说喜欢这两个字。一是有气势。二是有高度。一个人的名字有了气势和高度，拿出去，先长自己的威风。可惜她有一个细腻腻、软绵绵的名字。老妈还自以为是地说，查了几天字典取的。她撇着嘴说，一脸的桀骜。

　　凌扬说最想做真实的自己，像田野里的野花，自由自在地开，不受束缚，不被约束，那简直是神仙过的日子。

　　我问她："神仙过什么样的日子呢？"

　　"飞来飞去啊，电视里都是那么演的。"她想也不想直接答道。

　　我又问她喜欢什么花。

　　她眨巴眨巴眼睛，贼兮兮地说："狗尾巴花。"

　　凌扬是朋友的女儿。从小看着她长大，乖巧可爱，成绩没得说，每次考试都在前几名。

　　最近朋友每次见面就喋喋不休，说凌扬越来越不听话了，事事反着来，天天让她换位思考，换个角度想想，她想什么呀，她是她妈，吃过的盐比她吃的米多，走过的桥比她走过的路多？你说说，现在求职多不容易，让她好好学习，难道不是为她好吗？如今大学生满大街都是，研究生就业都困难了，她不抓紧能行吗？哎呀，愁死了。难道这就是"青春期"。为什么咱们那时候就没有过"青春期"。

我说那时候咱们太饿了，没有工夫青春期。

再说，现在的孩子除了学习，就是特长辅导班，有自己的活动空间吗？她们不会跳沙包，不会做鸡毛毽子，不会打木翘，不会推铁环，连最基础的土坡开火车都不会……还有，她们会割麦子吗？会割草吗？会栽秧苗吗？会挖野菜吗？

朋友瞪着眼睛，你的意思让她们回到过去。

"不是让她们回到过去，而是现在没有那些额外的因素，干扰她们的生活。单调的学习，再学习，重复地过着一天又一天，这样的日子就会变得极其乏味，除了和父母犟嘴外，她们也没有特别的娱乐活动了。"

朋友说我的逻辑有问题。

我也觉得自己的逻辑有问题。但是，情感的天平还是站在孩子一边。我们小时候吃的盐是大块盐，和现在的精盐没法比。我们走过的石头桥和现在的立交桥也不一样。时代变了，思维模式也不同。孩子有孩子的想法，也许，我们真该停下忙碌的步子，听孩子说说心里话。给她一小时，两小时，很难吗？

那天，我拉着凌扬去看狗尾巴草，那些长在沟沟坎坎的草，茂盛得不像话。每棵草尖都冒出一个茎，顶端顶一个毛毛茸茸的小团子。细细的茎秆，顶着比自己身体重大的花朵，压弯了腰。它弯着腰，吃力地在风中东摇西晃，一阵风来，它们呼啦全趴下了，又一阵风来，它们呼啦又趴过来。狗尾巴草想静，可是风不止。它们得听风的指挥。风让往东，它们便朝东歪，风让向西摇，它们便朝西倒，完全主宰不了自己的命运。

她尖呼一声"这就是狗尾巴草吗？"然后，蹲下身子，去扶那些小小的，趴在地上东倒西歪的草。

"看到了吗？狗尾巴草也很无奈，它甚至左右不了自己的身体，任凭风吹。"我蹲在凌扬身边，抽一支狗尾巴草，用力挤出茎秆中的汁液。并且让凌扬也这么做，两根狗尾巴草茎的汁液就开始打架了，谁的汁液先沾在对方的汁液上，就算输了。

"这是我们小时候玩的游戏之一。"我笑着告诉她。

"您们怎么那么会玩，连一株草叶也能做游戏。"她惊讶。

"大自然处处都是乐趣，当你深入其中，就知道了。可是大自然也有烦恼，比如狗尾巴草，长得茂盛，会被割草的娃一镰刀割下，进了牛羊的肚子。长得不茂盛，得趴在这河滩上，任凭风吹雨打。不过，它们很坚强，不管怎么样，都阻止不了生长，执着顽强，硬是葳蕤成一片绿色的海。你要像它们一样，不管什么样的环境，坚持自己的信念，保持初心，一步一个脚印，大踏步向前走。父母的建议，对了可以接受，不对的剔除，但是，百善孝为先，不能顶嘴。"

"嗯。"她低着头，捏着一根狗尾巴草，应声。

那个下午，我和她一直待在地埂上，看山，看地，看河流，看地埂上各种各样的山野花草。

她时而欢呼，时而惊讶，把一个女孩应有的天真可爱，毫无保留地尽情挥洒。看着地埂上飞奔的影子，我的内心一阵疼挛。这才是孩子该有的童年和少年吧。

不知道从什么时候起，书包、成绩、升学、求职，一切的一切，像滚着的轱辘，催促着孩子们像前跑。他们背着比自己还沉重的书包，书包上写满家长的希望、老师的期望。老师关注升学率，家长关注成绩。十几岁的孩子，却长成了老人的心态。

前些天，一个女孩因承受不了压力，跳楼自杀了。她自杀前，给老师写了一封信，那信里说老师办的辅导班，各种各样，她父母想让她得到老师的关注，以及更好的教育，便一样一样报了。费用合起来一大堆。那些钱对于打工的农民父亲，是压在身上的大山。

他们过最底层的生活，为了能让女儿有营养，几块排骨夹到女孩碗里。父母吃土豆。他们全部的希望便是供女儿考大学。

十几岁的女孩背负两代人，甚至三代人的命运。这样的压力她承受不了。终于，像一只蝶，闭着眼睛，轻飘飘自高空落下，用鲜血绘就一幅心碎的图画。

我不敢看这样的视频，也不想看这样的新闻。每个孩子，都是心尖上的宝贝，哪个也舍不下。

后来，我在微信上把凌扬写的信，给朋友看。她沉思，许久没有说话。

"爸妈，请不要唠叨和埋怨，不要立马否认我的说法，不要认为您们说的都是对的，也不要因为偶尔顶嘴就骂我，我也知道自己做得不够好，但是我会努力学习，争取做到最好，我想做真实的自己……"

「 青春无痕 」

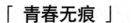

　　"现在的孩子，跟豆腐似的，吹打不得。说得狠了，怕想不开，说得轻了不济事，人家压根不听。"这句话真是戳到心窝子里了。

　　还记得我那青春期的儿子，自初二开始，便晃得走不成路了，一条道，被他摇晃得跟蚯蚓似的。这个时间持续很长，一直到高二，那个操着普通话的老师，恨不得每天都给我打一个电话，汇报我家儿子的种种劣迹。

　　那段时间，真是觉得要疯了。苦口婆心，大道理、小道理说了一箩筐，人家照旧，该干嘛干嘛。他的书法老师曾经就说过我"你得好好管管你儿子，这样下去，这孩子会废的"。

　　那时候我就在想，如果一把屎一把尿拉扯大的儿子真的就这么废了，我是活不下去了。

　　感谢上天，高二的第二学期给他换了个班级，他像是变了个人似的，不再和老师对着干了，回家也不晃了。尽管学习一团糟，但是人没有废。而且还懂事点，从一件小事情上看出来的。

　　我每天晚上把垃圾桶里的垃圾收起来后就放在门口，想着第二天早上出去的时候，顺手带走。但是有一天我发现，放在门口的垃圾不见了。开始还以为邻居顺手帮忙，后来又有两次垃圾不见了。我就试着问他："门口的垃圾是你丢的吗？"

儿子说是他早上起来去上学的时候，顺手拿去垃圾池丢了。

这个顺手让我激动不已。要知道，以前让他丢垃圾可不容易，我连吼带叫甚至拿钱哄，都不行的。

细节决定成败。这件小事，我感觉儿子在逐渐变化，于是又像老妈子似的给他讲学习的重要性。谁知道这次人家不屑地说："别说了，我都知道，放心，我是要上学的，就算专科，我也会读下去。"

这句话像是一个定心丸，把我震惊得一愣一愣。心里美滋滋的。

后来，等儿子真的不再叛逆了，我问过他当初为什么老是和老师对着干呢？他说看不惯。一句"看不惯"，三个字就推诿了他种种反常的举动。

网络里，看到青春期孩子这样那样的问题，有些甚至到动刀子，这的确很可怕。但是有这样的结果，家长不能否认一点责任都没有。所谓青春期，就是他的思想从没有成熟到成熟的一个过渡期。那么在这个时期，家长是和孩子接触最多的人。如何引导孩子向正确的方向发展，是家长义不容辞的责任。

这个引导很难，关键还得看孩子的走向，根据他逆向的思维判断，是说服，还是武力。当然我也不赞成武力。在赏识教育喊得山响的今天，那么就以引导为主。我经常让孩子爸爸和儿子沟通，让他把儿子当成一个男人，而不是一个孩子。这样两个人之间的地位就平等了。用平等的语气交谈，无疑会让孩子轻松许多。

那时候孩子爸爸经常不在家。爸爸就说了，家里的这个女人脾气不好，性格暴躁，还有点自以为是。你作为大男人，要多多包涵这个女人，同时也要照顾点这个女人。看在她整天为你做吃的分上吧。这个说法是在网上看到的。但是别说，还真有效果。

有一段时间，我家儿子就是这么做的，时时刻刻以大男人自居，把我当成小女人看管着。

孩子的内心世界很单纯，你说什么，如果他能听进去，也就当成什么了。如今网游教给他们很多乱七八糟的东西。我觉得这些东西可以玩，但是要适可而止。青春期的孩子喜欢反着干，你让他向东，他偏偏向西。那么好，你就顺着他，当然这个"顺"一定要有度。

我家孩子青春期的时候，我就想得开，成绩无所谓好坏，只要不学坏就成。当然，这个坏很难定位。我以为，坏就是做一些社会上出格的事儿。比如打架斗殴，比如偷鸡摸狗。

还好，儿子顺利度过了青春期，这期间，他也恋爱过一次，而且还理直气壮地问他舅舅们索要"恋爱经费"。几个舅舅都发红包给他了，而且还让他把女朋友带回来给我们看看。最后的结果当然是不了了之。

如今，儿子去上大学了。我倒是真的想让他在大学谈一场轰轰烈烈的恋爱。毕竟青春是短暂的，回头去找，也就没有这个味道了。

第六辑 ／ 平凡一世在尘埃

「 小楼亦开花 」

一

　　小楼和我的距离有一千七百公里。曾经无数次做梦回到那个地方，睁开眼后，陷入尘世的清醒之中，便是长久的回忆……

　　那座小楼，长在烟雨霏霏的江南，一间独立而上，楼上楼下，二楼是半坡的屋顶，严格说是一层半的小楼。楼很旧，墙角处，背阴的靠墙处，长满了苔藓。墙体因年久失修，斑驳絮絮，一块一块的白色石灰脱落，露出深蓝色的砖，像老年斑一般爬在墙壁上。

　　多年后回望，却发现留在记忆深处的那座小楼，如同摇曳的烛光，点燃内心的星星之火，一点一滴在心里长出一朵朵花，浮躁的身心莫名地柔软起来，得以安宁。

　　小楼是先生的宿舍。在那间工厂，他是技术工，算是特殊人才，因此分得一座人人羡慕的二层小楼。身为家属，我欢欢喜喜地住了进去。

　　小楼夹在两栋高楼之间，得不到太阳的照射，阴暗潮湿，一楼，基本是潮湿的，二楼，去掉楼梯口的转弯空间，房间更加逼仄了。一张原本就存在的大床占了屋子的三分之一，一张摆在窗口的大办公桌又占去了三分之一，留下的三分之一便是我活动的余地。这点余地，摆了一个电磁炉、一个电饭煲、一个十五块钱买来的带有楚河汉界的折叠四方桌。

大办公桌放一台十四英寸的电视机，一台 DVD，以及杂七杂八的书和杂志，基本都是地摊上淘来的。还有一个白色的案板，胶的，切菜，会留下颜色，即便用钢丝球刷，依旧污迹斑斑。好在别人看不到，一切都留在这间小楼内。

在这间屋子里，我喜欢窝在床上，翻看那些从地摊上淘来的书，即便它们带着陈旧的黄，杂志的日期可以往后追溯好几年，那发霉的气味丝丝缕缕钻入我的鼻孔。这些，似乎并不能影响我对它们的喜爱。那些曲曲弯弯的文字，钻进我的脑海，便成了治疗思乡的良药。在每一个月升月落极其静谧的夜里，抚慰着我这个背井离乡的外来妹的心。

很多年后的今天，看着书架满满的书，忽然就想起了那些陈旧书刊。两者相比之下，内心一阵失落。那时候如饥似渴，每一本书都被绑在了心上，捂着，暖着，即便一份街头广告画报，也能读出一份温馨来。

我想，那时候读的也许不是书，而是一种念想，也或者是一种状态下的依赖，我用那些文字，归拢他乡的繁华，填补内心的乡愁，长出命运的翅膀，期待飞翔的高度……

二

那时候，我在这间工厂做一线女工。一切从前没有见过的东西，出现在了眼前，打乱了乡村生存图谱。带着好奇的眸子，看着袜子从机器桶里钻出来，看着氨纶在机器上跳动。

掂起一垛又一垛棉线，剪掉一双又一双袜子，两只手，一把剪刀，在手上挽花，挽起层层叠叠。一旦安静下来，便是挥之不去的思念，想家，想父母，想孩子。那种思念，就像一把剪刀，铰进我的灵魂深处，一点一点地剪⋯⋯

工厂一两百人，来自五湖四海，大杂烩般的普通话，像鸟雀一般，叽叽喳喳。处于这样的环境，漂泊的心，就像安插了机器，轰鸣不已。

南方很热，袜子机器特别适应那种热，这种奇怪的机器，越是高温，越是产量高。于是，一个曾经无数次憧憬美好的女子，一头长发随意盘起，在那条只有几米长的车间里奔跑，把一个个漫长的黑夜拉出轨道，沿着月亮走过的路，把一支歌唱得蜿蜒起伏，荡气回肠⋯⋯

记得第一次十四个小时的夜班回来，走到小楼门口，身子几乎全部瘫软了，积攒一夜的力气在这一刻全部坍塌了，十几层台阶的楼梯似乎都上不去。扶着扶手，勉强抬起重若千斤的双腿，脚似乎没有了知觉，艰难地倒在床上，再也动弹不得。一觉醒来，日暮西沉。又一个夜晚即将来临了，同样枯燥的工作将会继续重演。

那次，我抱着脚脖子坐在床上，酣畅淋漓大哭一场，不是轻轻地啜泣，而是咬着被子一角放声大哭。那种呜咽，是来自灵魂深处的痛。从来没有想到，清高的我沦落到如此境地，思念的压抑，身体的劳累，两种折磨，近乎疯魔⋯⋯

南方的天，就像孩子的脸，有朵云就落泪。湿漉漉的街道，湿漉漉的心情，湿漉漉的前途⋯⋯

那间小屋，它伸开双臂接纳我，无论刮风下雨，晴天还是阴天，只要我拖着双脚走进去，就能昏沉沉地睡倒，然后在闹钟的催促下，再张开眼睛，继续着下一轮的忙碌。

入住小屋的第一年，一场台风在不断的新闻播报中如期而来。那晚，与我一同在外务工的亲戚老乡十来个人窝在小屋内，把那不大的三分地塞得满满当当的。听着外边尖厉的"啾啾啾"声，屋顶"呼啦啦，呼啦啦"声，我生怕那老迈的墙体承受不住，一旦倒塌，后果难以设想。

苍天眷恋，留下一线生机。熬到天明，最强台风已经撇下了我们，潇潇洒洒而去。推开那扇小窗户，外边全然是另外一种模样，白茫茫一片。暴雨留下的后遗症，让工厂无奈停业几天。

我不知道那座小楼究竟经历过多少次台风，那次之后，觉得它更美了，虽然瓦片掉落不少，但是屋顶很洁净，即便是脱落的石灰块，也带着暖洋洋的清新。抬头看一眼，心便溢满暖流……

三

在小屋住的第三年，老乡从家里带了些芝麻，是我母亲捎来的，说是炕煎饼的时候，撒一把芝麻籽，会更香。

先生心血来潮，用砖块在小楼门前几米远院墙朝阳的地方，倚着院墙垒砌了一个大概两三平方的池子，用三轮车从院墙外边的农家田地里拉来几车土倒入小池子，把芝麻籽随意撒了进去。

那个夏天，芝麻竟然破土而出，从长出两瓣叶子开始，一直到叶子墨绿，而后腋间开花，它们好像没有在乎这是异地他乡，那长势锐不可当。根根挺立的芝麻花，尽管没有分枝，但是依旧茂盛。当第一个喇叭花张开迷离的睡眼在小楼旁隆重出场时，我竟然看出一片思乡之情，眼睛濡湿……

芝麻花越开越多，顺着芝麻秆开，粉红色、玉白色，两种颜色的花，吸引厂子里不少外地人观看，他们发出"啧啧、啧啧"的惊叹声，说好久没有见过芝麻了，离开家乡太久，都差不多忘记庄稼该怎么种植了。

老板和老板娘路过这里的时候，也停住了脚步。"这是你们种的，芝麻开花节节高，太好了！"他们满脸喜悦地说道。

先生一脸的傻笑。看着自己种的芝麻，一个个给老乡打电话，好像这是一件惊天大事似的。芝麻花开得最热闹的时候，那一池子笑眯眯的喇叭花，迎来了一大群说豫西南普通话的老乡。他（她）们或蹲，或站，伸长脖子，看着这些美丽的花，鼻尖吸一吸，闻一闻，再嗅一嗅，好像要把所有的芝麻花香都吸进腹内。

小楼，和小楼前的芝麻花，像是长了翅膀，飞进了脑海，长长久久地，跟着我在岁月里行走，再也抹之不去。

植物真的很神奇，给它一片土壤，就能长出一片花朵；时间也很美妙，它能把现实变得浪漫，哪怕是一棵芝麻花。只要时间足够，它们就能把一份意想不到呈现在面前。就像思念，有心的人，经过时间的沉淀，会越积越厚。薄情的人，经过时间的沙漏，会越来越淡。时间会善待开花的植物，也会宽容外出务工的农家人。

每一种生活都会美丽地绽放，而这种绽放需要时间的孕育、呵护。有时候，我们会感觉生活平淡无味；有时候，我们会迷失方向；有时候，我们会驻足仰望。我想无论哪一种生活，只要内心充盈着暖暖的希望，那么每一天的拼搏就有了目标和方向！

「 岁月静好 」

母亲病了，真的病了。

在母亲生病这件事上，我们一家人完全可以怪罪"南水北调"这个伟大的工程的。是的，如果不是这个工程，如果不是忙乎搬迁，如果不是八月份的大热天，如果……如果没有如果，母亲就不会在搬迁到新家的第三个晚上，中风了。

躺在病床上的母亲，眼斜嘴歪，说话含糊不清，却还是坚持着说："真是没福气，刚搬进新家才三天，新空调才用一晚上，咋就害病了呢？真是没有享福的命！"这些话从母亲的嘴角漏出来，我和陪护的三姨，忍不住扭个身子，擦擦眼睛。

感谢上天眷恋，在医院住了二十多天的母亲，终于出院了，虽然走路还有一点不利索，但是与同一个病房的病人相比较，母亲康复得算是好的了。看到来接她回家的三哥，母亲的眼睛湿润了。她低着头很难为情地说："叫你们花这么多钱，哎，不如病死的好。"平日里大大咧咧的三哥眼睛红了说："您不要想那么多，花这点钱算啥！您好好的就行了。"然后扶母亲坐在副驾上，紧靠着儿子，母亲的脸很安详。

移民村的新家宽敞，楼上楼下房子不少，父亲和母亲单独住一栋小楼。因为害怕母亲上楼出现意外，我们特地在楼下放了一张床。铺上崭新的床单，在墙角摆上柜子，放上电视，楼下又给母亲设置了一个空间。

叶落了冬来，雪化了春在。几个月过去了，母亲的身体在药物的治疗下，逐渐地康复。年后，我离开移民村的时候，母亲哭了，她说："养个闺女有啥用，都不想伺候她了，怕拖累了，走就走吧。"母亲说这话的时候，我坐在车上抹眼睛。生活有太多的布局，就有太多的变化，某种时候，自己也左右不了。

二姨去看了母亲，回来后附着我的耳根说："你妈真是有点不一样了。"我"嗯"了一声算是回答。

记得小时候，几个姨都爱去我家，那时候，母亲会把家里好吃的统统拿出来，甚至宰鸡杀鸭的。菜园子里的菜全部上桌，也表达不了母亲对姊妹的深情。可如今，明显的有点变了，好的东西，母亲不愿意全部拿出来了，她总是留下一点，自己留着。

病愈后，母亲也爱花钱了，这在以前可是从来没有过的事情。想想，那会儿我们给她买衣服或者营养品的时候，她就不停地唠叨，说她的衣服多，都穿不烂的，买那些干啥？再说了，吃啥营养品啊？五谷杂粮才有营养，地里的庄稼都吃不完的，你们不要操心了。

那时候我们买得多，挨的训就多，母亲的责骂，我们左耳听右耳出。母亲一脸春风地骂着，转个身，提着吃喝的东西跑到邻家说："儿子闺女回来了，给你家娃们也拿点吃的！"

现在，不管我们买什么东西，母亲一概接受，而且一点推辞都没有。这些细小的变化，让我多多少少有点失落，可是失落过后，却是更多的欣喜。病痛，让母亲遭受太多的苦难，如今，赋予她一点爱惜自己的正当理由，又有什么不好呢？

母亲身体原本不好，这些要归结到我们姊妹五个身上。有大哥的时候，家里没有一丁点粮食，月子里外婆送来二斤白面。生二哥的时候，刚从地里干完活回来，匆匆忙忙地产下孩子，过了两天就下地了。后边的三哥和我以及弟弟，就更不用说了，孩子越多负担越重。日子紧巴着，她的身体也越来越不好，直到节育手术，彻底把她的身体搞垮。

类风湿关节炎、骨质增生这些病，长年累月践踏着母亲羸弱的身体。因为孩子，她却坚强地挺着，直到一个个成家立业。

母亲这次中风，实在是让我们兄妹措手不及，在我们的潜意识里，母亲几十年来饱受疾病的折磨，就算是风水轮流转，这病也不能落到母亲头上。然而，不幸还是让母亲占了。于是母亲不止一次地说："上辈子造孽了，这辈子该还了。"

我说："哪有的事，上辈子谁能看到？"母亲接着说："早年她看过神婆的，人家说她上辈子是个当兵的杀人太多，所以这辈子就和药断不了。"

我笑得喷饭，戏说母亲："看来，妈上辈子还是个大人物呢！"

母亲瞪着眼睛看我，吓得我捂着嘴巴不敢笑，看她虔诚地在堂屋点了火纸，嘴里念叨着什么。

佛曰："种善因得善果。"母亲这一生做过无数的好事。她施舍过走江湖的小贩，也资助过东邻西家，更为村中几家贫穷的傻子家的孩子常年做衣做鞋。我能看到的是许多细小的琐碎，母亲坐在缝纫机前，"嗒、嗒、嗒"地为村人补衣裳。她的乐善好施，在村里出了名的。

我相信：好人有好报。是的，母亲的康复，奇迹般。说话利索了，走路利索了，身体没有落下后遗症，这和所有中风的人都不一样了。村人说："这病好的，跟没病过一样。"母亲高兴笑得合不拢嘴。她说："娃儿们花钱了，花多钱了，医生说，都是用的好药呢！"村中老人露出羡慕的眼神，母亲的脸上多了些骄傲。

……

四月的风很暖，花开得很艳。大朵的喜庆满世界招摇，各种各样的颜色把眼睛渲染得五颜六色。母亲穿着我给她买的大红衣服，满街转悠，心情极好，她絮絮叨叨地和我说她每天的见闻。这一天太阳好亮，照耀着母亲的白发，熠熠闪光。

在这静好岁月里，我的母亲惬意着、幸福着……

娃儿们围在她身边乐着，更有意思的是三岁的小侄女抱着她的胳膊说："乖乖，你的胳膊还疼吗？"稚嫩嫩的一句话，让所有的人都傻呆呆的，不知道说点啥好了。

"乖乖。"小时候，母亲这样喊我们。

"乖乖。"母亲老了，她的孙女这样喊她。

此刻，伴着微风徐徐飘过来一首歌："……燕燕尔勿悲，尔当返自思。思尔为雏日，高飞背母时。当时父母念，今日尔应知。"

岁月静好，母亲安康。

「 请你好好爱，梦里花会开 」

他问我："姐姐，你有支付宝吗？"

我说有。

他说："我转点钱过去，麻烦你拿给我妈。"说完停顿了一会儿又说，"出来这么久，一直在还账，没有给他们打过钱，这不快过年了，备点年货给他们。"

从支付宝里接受他钱的时候，窗外的长风正在抚摸满树的叶子，每一片都摇曳生姿，载满爱的颜色，缕缕温暖在心头滋生，划过指尖的阳光，落在书上，像一只蹁跹的蝶。

清楚记得他大学毕业回来的时候，年轻的脸上写满对未来的畅想。那种意气风发从憨厚的脸上，溢出来满满的幸福。那种自信带着乡村孩子的朴素，也带着高素质的涵养和风度。

他说父母养大他们兄弟不容易，如今六十多岁了，还在养孙子，他要改变现状，给他们好的生活，让他们安度晚年。

他和朋友合伙做生意，朋友是高中同学，是兄弟，是哥们儿，他以为，信得过。父亲和母亲曾经打过岔，觉得他还小，社会经验不足，怕受骗。他生气，说父母目光短浅，朋友铁，一条裤子换着穿过，怎么能怀疑。

在父亲眼里，这个孩子是听话的，是善良的，也是有头脑的，于是，东凑西凑，连贷带借，凑了几十万。朋友接过钱，说是去进货，这一进，便杳无踪迹，失去音讯。当那电话一而再、再而三由一位美女回话的时候，他慌了神。

一天、两天、三天……他去找。五天、十天，他找不到。十五天、二十天，他绝望了。那个晚上和现在的时节一样，冷风刮进脖子，顺势进入胸口，带着钻心的冷。他沿着街头走，明亮的街灯，像白渗渗的牛头马面，张牙舞爪撕裂他的身子。

他爬上小城最高的一栋楼顶，望着没有星星的夜空，泪水，慢慢流下。他茫然，不知道这一步落下去，会魂归何方，他挣扎许久，破碎的心，不知来处，不知去处。

父母从侄儿那里知道的情况。两位古稀老人瘫坐在椅子上，扶都扶不起来。许久后，想起了躲在角落的他。两位老人擦干通红的眼睛，奔走在大街上，电话一遍一遍打。

那个晚上，是这一家人过得最长的一夜。母亲说，六十多年的光景都捆绑在这一天了，每一秒都如一辈子那么长。

日头钻出地平线的时候，迎面走来三个人，父亲和母亲跟在他身边，一左一右，像小时候那般，生怕他摔倒。他木然地回到家中，倒在床上，大病一场。那个大年，黑色的，不带一点喜庆，锅碗瓢盆发出悲切的呜咽。

雪花在大年夜落下，拥抱着尘世，想尽办法洗涤红尘的龌龊和悲凉。麻木的肮脏，左右着命运，在一片冰冷的世界中结冻。

过了年，他提着瘪瘪的行李，在父母的泪眼中，逃离这个让他绝望的地方。

今年秋天的时候，他在微信上给我留言，说在京东给父母买了一台全自动洗衣机，让我帮忙看看，教他们使用。

不久后，他又寄回来两套衣服，屋里的父亲和母亲同时穿上，我惊讶地发现，那是一套老年情侣装。

三年了，他一直没有回来。根据他话中意思，我猜测，他今年可能又不回来了。拿着钱给他母亲的时候，老人的眼睛瞬间通红，说孩子没钱，还记挂着他们。

我说是的，他是好孩子，心里藏着事儿，吃了亏，心里难受，你们要给他时间疗伤。

老人抹着泪说："自己养的孩子，啥脾性，清楚得很，那孩子太憨厚，不会拐弯抹角，吃了亏，打掉牙往肚子里咽，自己苦着，这几年为了挣钱还债，指不定苦成啥了！"

这么多年一路走过来，我知道，不管什么人，只有吃亏了才能长大，才能理解父母的不易和宽容，也只有父母会惦记你的冷暖，无私奉献暖在心口的爱。他也一样。

那次，我打电话给远方的他。告诉他，能用钱解决的事儿，都不是事儿，千万不要因为这么一点钱而丢掉了爱，丢掉了父母，这个世上，爱才是最贵的、无价的，有了爱，花自然会开。

冬已深，《天气预报》说下周将迎来大范围降雪。过冬的人们，早已备下厚厚的冬装，等待雪的降临。北风刮过，城市的街道被清洗得干干净净，有阳光的地方，冒着毛茸茸的光。

河堤的柳树上挂满枯黄的叶子，正在呼啦啦熬着寒冬，待这段日子过去，它必定会发出新芽。这世上，总有一些事儿，需要亲自遇见，就像那些开在梦里的花，要用爱去温暖。

「 冬天里的暖 」

　　只一夜，天地变成一种颜色。白，是这个日子独有的魅力。雪，迟来的使者，终于，以她优美的姿态，把这份惊喜和感动落在豫西南。

　　楼下，一个堆得不算完美的雪人，挺着大肚子，坐在靠墙的位置，弥勒佛般，咧开的嘴，笑得无所顾忌。孩子们挤在雪人前，叽叽喳喳，伸出小手，摸一下，又摸一下，生怕触碰疼他似的。

　　这个清晨的惊喜，不仅是雪，还有这个雪人。每一个下楼的人，都发出一声惊叹"谁堆的？"我也在寻找这个人。直到他背着一身雪从院外进来，铁锹上还铲满一锹雪。

　　他是住在一楼的一位大哥，消瘦的脸上经常挂着一抹微笑，那种笑很含蓄，带着一种儒雅，有绅士风度。因住在一层，下水道坏了，水管子流水了，这些杂七杂八的事儿，好像都是他在操心。平常小事一桩桩一件件似乎都没有记挂心头，唯独这个清晨的雪人，让我没来由地生出感动，一抹温暖在心头涌动。

　　这些年雪越来越小越来越薄，楼上住的几个小孩子大抵都没有见过这么大的雪。他在下雪的第一个早晨，在孩子们窝在被窝的时候，堆一个雪人。待孩子们一个个吃饱喝足背上书包走下楼梯，映入眼帘的便是这个笑得如花的"弥勒佛"。

一群孩子围着雪人欢呼雀跃，洋洋洒洒、漫天飞舞的雪花，让大家喜不自胜，他们和坐在墙边的雪人，一起乐呵呵地摊开手掌，接着雪花，一起没心没肺地哈哈大笑。我也笑，发自内心的笑。

牵着小宝的手，听他小嘴叽叽喳喳地提问，对于雪，他有许多为什么？小宝三岁，初次见到比它小脚深几层的雪，太好奇了。他专门踩着雪走，"咯吱、咯吱"，让他乐此不疲，甚至用小手抓一把。"这是雪吗？妈妈，妈妈，这是雪，对吧！"听着他稚嫩的语言，心里边全是满足。

沿着小区走，几棵小树、几棵松柏被大雪压弯了腰，它们努力地弓着背，头朝地，似乎要把头扎入地心。那种样子，让我不禁想起世代生存在土地上的农民。他们也是这样，在岁月的长河中，弯着腰，弓着步，一步一步，踉踉跄跄，在过日子的路上，踩出了一道道辙。

"大雪压青松，青松挺且直。要知松高洁，待到雪化时。"也许只有诗才能赋予它们灵魂。让一切静态的物体，鲜如新生。雪罩着松，松举着雪，谁是谁的故事，谁是谁的传说。

一棵碗口粗的树，像喝了酒的醉汉，抖落着身上的积雪，在大家的目光中，猝不及防地倒在路边。骑车的行人躲闪不及，连环性的，一个个紧急刹车，"吱、吱、吱"地停在树干旁。

树旁边的商店里，几个正在说话的男士看到这一幕。紧忙跑到树边，他们用脚踹踹树，僵硬的树干，无奈地抖动几下，枝叶上的雪便纷纷落下。几个人伸出揣在袖子里的手，抬起树，顺着树根歪倒的方向，慢慢扭转，没有完全折断的树根还连着树干，扭转中发出"吱扭、吱扭"的声音。

停滞的路人，因为树的挪开，继续前进。

穿着黄色环卫服的大爷大妈，不见了往日拿在手中的扫把。他们拿着铁锹，弯着腰在马路中间铲雪，"呼哧、呼哧"喘着粗气。大铁锹铲起厚厚的积雪，沿着水泥路面，"吱吱、吱吱"推到路边。这样的动作，从早上张开眼睛就开始了，重复来，重复去。

上了年纪的环卫老人，扫几下，站起来，抻抻腰，然后继续铲雪。戴着口罩的嘴巴里，不时有热气冒出来，一缕缕合着他们体温的热气，形成一股股水雾，散发在空中，与空气汇合后，转化成冷气，再次落下。

幼儿园门口，似乎从来没有落过雪。绿莹莹的地毯，依旧冒着绿色。孩子们跺跺脚，踩在上边，软绵绵，轻松松，欢快的儿歌从校园内传出来。犹如天籁的音律，让人心生美好。

沿着街头走，顺着"书香水岸"，这条街道旁有一条环城河，河的两岸栽满垂柳。挨着河岸比较近的一边，房子建了仿古屋檐，灰墙琉瓦，平添了古韵气息。"书香水岸"因了垂柳，因了仿古建筑，因了桥板上铭刻的，历代文人墨客留下的千古名句。这路，这街道，便有了文化蕴含其中。

雪堆积在屋檐上，翘起的檐尖，白嫩嫩，亮堂堂。往日清瘦的两行杨柳，得了雪的倾覆，就胖了。"色浅微含露，丝轻未惹尘。"雪中的杨柳，配上这样的诗句，优雅中透着含蓄，不带尘埃的美，洁净到心醉。

十字路口处，交警比往日多了，他们穿一身黄色的衣服，平日不怎么穿的黄裤子也套上了。白雪皑皑的早上，他们就像一朵朵黄色的花，黄灿灿地开在每一个路口。两只胳膊像两根黄色的粗大的铁棍，不知疲倦，不知寒冷，左伸，右缩。右伸，左缩……

他们机械地重复这个动作，南来的，北往的，东行的，西去的，一辆辆车井然有序，互不打扰，各走各的，司机们好似习惯了这样的光景。是的，习惯了，长年累月，开着车，看那些左伸、右缩、右伸、左缩的胳膊，于司机而言，是路引，于交警而言，是为人民服务。

马路两边各站着几个交警，年老的老人、年小的孩童，还没等反应过来，便被他们搀扶着，送到马路对面。

路边花坛种的一簇簇"羽衣甘蓝"，它们用曼妙的身姿，用一个冬天的努力绽放，迎来了雪花飘飘。公园一边的早餐店，那块"环卫工人免费早餐"的牌子，被积雪掩盖了底部，只有那几个醒目的大字，在一片白色中，格外显眼，格外温暖。

屋内热气腾腾，白色的蒸汽弥漫一屋，翻着滚的锅内，小米南瓜粥的香气溢出锅外，清甜的味道，引无数行人侧目。三个人的早餐店，依旧红红火火，丝毫不因大雪来临而停止营业，相反的顾客更多。身穿黄色大褂的环卫工人坐满了屋子，他们喝一口喷香的米粥，看一眼飘雪的天空，眼眸中都是温暖……

我拉着雪的衣裳，一路走，一路看，一路读。每一个擦肩而过的行人，顶一头雪，挂一脸笑，认识的，不认识的，笑眯眯地打个招呼"看雪啊！"

是的，我在看雪花，从张开眼睛那刻开始。我所看到的雪花，一朵又一朵，他们起得比太阳还早，不畏严寒，凌雪起舞，在不同的岗位上，怒放、开花。

他们是天使，是雪中的炭，温暖了这个城市，温暖了这个冬天。

「 天井院 」

天井院，端端正正，摆放在村子中间。天井院房子较多，不算堂屋的三间正房，左右两边还各有三间。正房对面是一座空架房，可以称之为廊房，对，就是电视剧的廊房。雕梁画檐，是天井院最美的一处。

天井院的墙体是土坯的，不过外边被主人刷了一层白灰，所以，整座院子是白色的墙壁。灰色的瓦。可能就是外边的白灰太亮，单从外边看，根本看不出天井院的年纪。让人耐心追寻它的是房顶的瓦，以及瓦所摆出的造型。正房和左右侧房的屋顶和乡村老屋的屋顶基本没有区别。所有的独特之处，均在廊房之上。

廊房内的檩条粗细均匀。从里屋的耙簸上，能看到最外边的瓦面匀称。因为那些耙簸没有凸凹之处，平整得很。廊房上的瓦和几座房子的瓦一样，呈灰色。在廊房顶上的左右两边，有瓦块拼出的花形，像荷花，也像桃花，在花的上层，又放两个交错的瓦，似乎是遮风挡雨的意思。于是，整个花型看起来，规矩、奇特，却又含情弄水，那种造型，看一眼，活灵活现地留在心里，挥之不去。

据天井院的老主人说，天井院已经有两百多年了，建这座天井院的是旧社会的一位伪保长。当时伪保长花了大力气，从湖北老河口请来的工匠。花费数日才建起这座天井院。新中国成立后，土地改革，政府没收了伪保长的天井院。天井院几经变革，先后做过政府的办公室、村部、财政所、供销社。最后被如今的主人，村支部书记买来。再次成为宅邸。

从最外边的大门口看院子，活脱脱的三重门。大门、廊房门、堂屋门。直线的三道门，从外边能看到里边，从里边能看到外边。

我很喜欢这座建筑，虽然简单，却甚是美观。

在主人的邀请下，碎步走进院子。站在天井院中间，抬头，一块四方的天，蓝莹莹的，飘过一朵云彩，我拢起双手，尽力地想揽进一片梦想，有关于天井院的传说和故事。那朵云，却悠悠地飘走。我哑然失笑，开始打量这座院子。

左右两边的侧房，稍微地低些，矮了一截。当然，中国自古以来就正房为大，侧房必然是低些的。我甚至天花乱坠地想，也许左右两边的侧房，分别住着旧社会伪保长的小妾。不然，为何两座侧房一般大小，而且结构也是同出一辙。包括门的位置。

天井院的年轻主人喜爱花草，不仅院子外边繁花热闹，院子里也是盆盆罐罐装满芳菲。一盆一盆的花花草草摆在院子的边边沿沿上。盆里或罐里，随意地摆上奇石，无形地点缀了花和草的分量。这些盆景中，名贵的品种不多，大多是山里本就生长的野花野草，但是，经过主人的细心培育，茂盛地、精神地、快活地在天井院安家落户。

在廊房的左右内侧，各有一堆苇竹，绿绿的，满院子都能感受到绿意。苇竹很高，有点想出廊的气势。天井院的小主人很热情，笑容可掬。盛情之下，迈步进入正面的三间堂屋。堂屋前有三层台阶，一脚踏上去，猛然心跳。情不自禁地低下头，三块整体大青石台阶，霸道地搁在地上。堂屋的陈设很温馨，靠两边的山墙，摆着黑色的沙发。屋顶被白色的装饰板遮挡了。看不到屋顶的檩条和瓦，我所向往的旧事被新生事物代替。

多多少少有些失落。

堂屋的整体品位全部围绕在黑色的沙发上。凝重、厚实、简单、古朴、怀旧。我伸出手，悄悄地摸摸沙发，心里生出一份渴望。渴望从这些蛛丝马迹中，捞出中华民族悠久的历史文化。

夕阳红彤彤一片，天井院倍加温馨。我倚在堂屋的门框上，看老屋的小主人忙忙碌碌，廊房里的身影来来回回，他正在布局的是不久以后的农家乐，是新农村，是吸引四方游客的老屋文化。

心情极好，随着老屋的每一个动作摇摇摆摆，屋外的月季开得正艳，洁白的栀子花也不甘寂寞，丝丝缕缕的芳香不断随风钻进我的鼻孔。葡萄架上的小葡萄一串一串，肆意招摇，这纷纷缭绕的馨香，张扬了季节。让善良的山里人，静静悄悄地沉醉，沉醉于鸟语花香中，沉醉于山村潺潺的溪流中，最后在老屋的怀抱里，安然入梦。

「 老屋 」

老屋，保存在故乡的记忆中。有时候，会不经意地想起，就像被挤压在梦里的花红柳绿，看得见，却无法触碰，一如我那流转万里的青春年华，圣洁地寄存在心间，却再也找不回来。

老屋杵在丹江岸边，一拉溜四间，土坯砌墙，灰瓦上顶，墙体大概高四尺多，门栏更低，个高的进屋需要低头才行。墙壁斑驳，土坯掉渣，裸露着毛乎乎的麦秸渣。横七竖八的沟壑，割划出无法消散的诸多印痕……

没有院子的遮挡，老屋看起来极其孤独。四间老屋坐北朝南，从东朝西数，儿时的我睡在东间第一间的前半部分，靠窗户的地方。后半部分是父母的床。母亲说我睡相不好，总爱踢腾，一张小床把我打发在了窗口。靠山墙的地方，摆一张母亲陪嫁的立柜，陈旧得眉眼发酸，用嘴一吹，那浮灰便如雾般飞舞起来。

第二间是堂屋，正中间摆着一张大桌子。左右两边靠着太师椅，这三样家具就像老古董似的，长得黑咕隆咚的，不知道什么年月打造的。

第三间前半间是三个哥哥的卧室，中间用高粱秆子织成的簸子隔着，后半部分堆着直到屋顶的碎麦秸，那是居住在第四间老牛的过冬食物。四间土坯老屋，分工明确，各司其职，谁也不逾越半分。

　　堂屋外边垒一个鸡笼，鸡笼后边有一棵洋槐树。母亲说这棵洋槐树是树根发芽的，它的母体是屋子前边至少五米左右的一排洋槐树其中的一棵。但是，那一排树，因为二姨家盖房子没有椽梁，姨夫拉着牛车高举着斧头一棵一棵连根拔起了。

　　也许，是那些洋槐树不甘心这么灰飞烟灭，一根粗须奋力地挣扎着攀爬着，终于爬到了老屋的身边，然后扶摇而上，长得亭亭玉立，树冠团大，出门口就有一个大阴凉，以至于我母亲再也不舍得挖掉这棵树了。

　　春来，一树的洋槐花迎风绽放，映着斑驳的老屋，吐着粉红粉白的花，飘散着浓郁的花香，充溢着老屋里里外外、角角落落，我们每晚都嗅着花香进入梦乡。

　　这棵大槐树，直到搬迁前夕才被父母忍痛卖掉了。

　　经年的风吹日晒，老屋明显老了，不堪重负，摇摇欲坠。父母撑了一年又一年，终于在老屋旁边盖起了三间红砖瓦房。房屋宽敞高大，再高的人进门，也不用低头了。

　　新房建成了，母亲在老屋门前的空地上开了一片菜园子，种满了时令蔬菜。一年四季，除冬季有点萧条之外，其他三季都是枝叶繁茂、花香满园。

　　特别是夏季，用布条绑成的栅栏爬满了藤秧，栅栏上时不时盈盈挺立着几只红蜻蜓，那薄如蝉翼闪着亮光的翅膀，似乎载着一院子的光景。阳光照耀下，翩翩起舞的蝶儿，一会儿落到瓜秧上，一会儿落到豆角上，一会儿又站在绿油油的辣椒上……

　　母亲心细，在菜园一角栽下几棵草莓，一年工夫便爬满了一片。母亲还在菜园的旁边栽了一棵柿子树，还栽了一棵桃树。母亲说，这两棵果树，等长了果子，给你们吃。可惜的是，这两棵树不晓得怎么了，自打那年栽下后年年抽枝开花，可到最后却一个果子也没有结，母亲始终舍不得砍掉它们，说是留个念想。

老屋那张四四方方的桌子，被父亲用大手抹几下，好像所有的灰尘都经不起他袖子的拂扫。

昏黄的煤油灯下，我们兄妹几个挤在一张方桌上看书做作业，吮吸着改变命运的知识。彼时，那黑乎乎的老屋，显得那么明亮，屋正中的毛主席画像也显得更加慈祥了。走出农家，跳出农门，不再和祖辈一样背着日头过山，是父亲心底最大的愿望。

贫穷的生活，苦难的岁月，老屋陪着我们一路风雨走过。当我们一个个展翅高飞的时候，老屋却老了，就像爷爷那斑白的胡子，在风中婆娑……

老屋太老了，老得自己都撑不起自己的身体了。父亲砍掉了门前池塘边上的几棵白杨树，用那些通条结实的树干，抵在了老屋苍老的后腰上。为了不触疼老屋，他特地找来了几块宽木板，先把木板贴在老屋的后背上，再把树干斜顶到木板上。

许多年以来，老屋倚着几棵白杨树干苟延残喘。白杨树干挨着土地的那一端，有一天竟然长出了新芽。母亲找来了一些刺条，把那些绿莹莹的枝条围了起来，免得被牲口糟蹋了。

老屋从诞生到消失，刚好四十年，它为三代人遮风挡雨渡过难关。老屋，菜园，门前的树，屋后的树，临窗，临风，斜影划过，长出一个个饱满丰盈的故事。

光阴流转，老屋已逝。老屋，承载着沧桑，绵延着岁月，诉说着故事；老屋，血脉相融，是我们三代人的根。老屋，是我永远难以消融的情结，它就像一个印记，深深地印刻在了我的心头。无数次的梦境里，我回到了老屋，一家人欢声笑语其乐融融的场景，是那么的熟悉、那么的温馨，伸出手，仿佛就可以触摸到它的温度……

那几间消失的老屋子，在我的心里，不断浮出，浮出，沉淀，沉淀，最后，被捆成了一堆一堆的思念。

「 麦子熟了 」

"杏儿黄，麦上场。"伴随着黄澄澄的杏子上市，小麦也进入了繁忙的收割季节，父亲打来电话，说麦子熟了，急等着收割。我问："要我回去吗？"父亲说："不用，现在都用收割机了，只是前几天的雨水多，现在地里还泥泞，收割机进不去地。"

我又问："那怎么办呢？"

父亲说："等吧，等天好了，就可以了。"然后重重地叹了一口气，挂断了电话。

搁下父亲的电话，一股酸楚涌上心头，说故乡远吧，时刻在心头挂念着；说故乡近吧，一年也就回去几趟。还是匆匆来匆匆去，故乡都成一道风景了。父亲的叹息，让我难受，想哭，想喊……

女儿是父亲的贴身小棉袄，这是父亲常说的一句话，我也一直认为这句话是对的，至少女孩子的心是细腻的。我长大了，父母却老了，就像那熟透的麦子，进入了生命的最后阶段。

记得那时候的收麦季节，我们兄妹是不能睡懒觉的。

进入农历五月，农村也就进入热火朝天的忙碌时节。天毛毛亮，母亲就起来了，门口有棵老杨槐树，树下有个大磨石，母亲做好早饭就开始在那个大磨石上磨镰刀了。

"哧啦、哧啦"的磨镰声音在寂静的村庄格外响亮。母亲一边磨镰刀，一边开始喊我们兄妹的名字。等我们磨磨蹭蹭地爬起床，母亲已经把全家几口人要用的镰刀都磨好了。母亲的镰刀磨得最好，又快又锋利。母亲磨镰刀很讲究，磨上几分钟，就会对着月牙般的镰刀看一看，然后用大拇指挡一下，再继续磨，继续看，继续挡，直到镰刀刃成乌黑色，拇指挡着成筛状，不光滑就算锋利了。这是母亲教给我的经验，有时候母亲会拔一根头发放到镰刀刃上轻轻一吹，断了，这时候的母亲脸上不再是攒着劲，而是笑眯眯的了。

来到地头，滚滚麦浪在我们眼前晃动，金黄色的麦穗在太阳的照射下放射着光芒。那雪白的馒头似乎就在向我们招手，于是，我们挥动着锋利的镰刀，左手把一片麦子齐刷刷地搂在怀中，右手拿的镰刀成弧形状一扫而过，一抱麦子便躺倒在了脚下。然后双手把麦子抱起来放到父亲提前做好的"腰子"上。一棵一棵麦子，就这样成了一把一把，再由一把一把，变成一捆一捆，最后变成了一垛一垛……

尽管麦芒扎得我们胳膊满是红丝，尽管毒辣的太阳把我们晒得满脸通红，但这丝毫不影响我们割麦的劲头，我们流着汗水却是开心的，都自告奋勇地去数扔在地里的麦捆。多少麦捆就决定着麦子的产量，预示着明年的光景是好还是坏，决定着我们读书有没有更多钱的问题。

套上牛，拉上架子车，麦子就这样进入麦场上了，空旷的麦场开始拥挤了，小山一样的麦垛林立在麦场上。背着旱烟袋的二爷喜欢抄着手，来回地在麦垛前转动着，估算着谁家的麦垛能出多少斤麦子。不得不佩服二爷的眼光，估算和秤杆总是不差上下。

收割后的麦子并不急于打场，而是先要抢种秋庄稼了。俗话说："立秋拿住手，还收三五斗，立秋种芝麻，老死不开花。"这些千百年以来总结出来的谚语，在耕种上是科学的定律，秋天的庄稼是要抢种的。

种完秋庄稼，小麦打场也正式开始了。童年时候的打麦场，是用家里耕地的黄牛套上石碡、碌子，父亲手中扬着长长的鞭子。"啧、啧、啧"地开始转圈。老黄牛在烈日的烤晒下，和父亲一起不停地转动，大汗淋漓，"呼哧呼哧"地喘着粗气，戴着笼嘴的嘴巴滴着口水，滴淋在麦子上。

调皮的我们会时不时地跳上碌子，蹲在上面，任凭老黄牛吃力地转动着，那时候的我们怎么也体会不到老黄牛的辛苦，觉得那是多么好玩的事情。父亲用鞭子抽打着老黄牛，不停地吆喝着、催促着，碌子随之快速转动着，我们咧着嘴开心地笑着……

少年时候的打场，已经进入半机械化了，农村的四轮拖拉机上门服务，按场计算价钱，喝着柴油的拖拉机真是比老黄牛厉害多了，它不再套石碡和石碌子，而是特制的铁碌子，那沉重的家伙在拖拉机的带动下，一圈过去，麦子就簌簌地脱离了茎秆。几圈过后，用木叉把麦秸翻一遍，然后拖拉机再碾，如此反复三遍过去，麦秸和麦子就完全分家了。把麦秸一点点捡起堆在一边。待风刮起时，在拢起来的麦堆旁，父亲用木锨把麦子一锨锨扬起，在空中划过了一道道美丽的弧线，风刮走了麦糠，坠落一地金黄，就是饱满丰腴的麦粒了。

我特别喜欢仰起头站在麦子堆上，父亲木锨下的麦子就像小石子一样撒落在我脸上，从脖颈钻进我的衣服里，痒痒的感觉，让我不停地抖动着衣服，在麦堆上拍着小手乱蹦乱跳。那感觉特别的美妙，那是丰收的喜悦。

我的少女时代，哥哥们都相继离开了故乡，只有我和父母在家。农忙季节，父亲不想央求别人帮忙，于是，我便担当起了男孩子的责任，和父亲一起打场，父亲扬麦，我负责打扫。这样的工作我一干好多年，直到出嫁为人妻。而我们兄妹几个，也只有我会做这项"工作"了。村子里的老人看到我就会竖起大拇指，谁也没有想到我这个纤纤娇女会把爷们儿干的活干得有板有眼。

父亲也想不到，虽然他嘴上不说，但是他时不时流露出的赞赏目光，我分明是看到了。他常常会在村人面前说："几个孩子中女儿是最贴心的了，打场她几乎可以帮我一半的忙。"父亲的话中流露着几多的自豪。

时过境迁，很多年过去了，故乡早已经不再打场了，现代化的大型收割机直接进地，收割、脱粒、精选、装袋一次性完成。世世代代的扬场，已退出了舞台，成为了历史。那大大的石磙、石碾，静静地躺在村头角落里，父亲用过的那几张木锨也没有用武之地了，我曾经用过的那几把扫把也堆在了墙旮旯里……

如今，小麦又熟了，父亲拨通了我的电话。我很清楚，在这个夏收季节，父亲只能拨通我一个人的电话，因为我在他的心里，是他最贴心的小棉袄。

电话那头父亲的叹息声，重重地撞击着我的心。在挂断电话之后，我的眼泪再也控制不住了，一滴一滴落了下来……

此刻，故乡的影子，在我心里越来越清晰，眼前晃动着在麦子地边上忙活的父亲，他的背越来越驼了，脸上的沟壑越来越深了。

「 水的高度 」

山不在高，有仙则鸣，水不在深，有龙则灵。

故乡没有大山，属于丘陵地区，所以当别人说是大山的孩子时，我只能说我是水的女儿。我不止一次用尽全力来阐述对那片土地和对水的热爱，生怕错过一丝一毫，田间的野兔，天空的飞鸟，河里的鱼虾，以及村口成群的牛羊，这些画面，时时在眼前浮现，令我贫瘠的大脑溢满乡愁，缱绻的文字，跳跃高度，挽起丹江的手臂，越走越远……

丹江，古代叫"丹水"，《尚书·逸篇》记载曰："尧子不肖，舜使居丹渊为诸侯，故号曰丹朱。"丹渊就是今日丹江流域的淅川地区。据传说，丹朱到丹渊后，变好了，他带领当地部落治理水患以致劳累而死，这就是后世所传的"太子丹"。

抛开古老的传说故事不提。生活在丹江岸边，我对水有一种特别的偏爱、依托、怀恋，而这种偏爱、这种依托、这种怀恋，则不仅仅是因为丹江水质甘甜清醇。这种偏爱，应该是因为这一湾圣水，使我们品尝了生活的甘甜，树立了活下去的勇气；这种依托，来自要生存而使我们不得不依靠着水而寻找生路；这种怀恋，也是随着年龄的增长，岁月的一天天流逝，直到今天才积累而成的。

也是这座丹江水库，曾经让生活在两岸的千万乡人们在贫穷中顽强生存着，年年都要和水患作着艰苦卓绝的斗争。可能是沉睡在湖底的巨龙寂寞难耐也想出来透透气，观赏丹江两岸秀丽的风景。秋季，一场连阴雨就能让白色的丹江巨龙凌空而腾，欢呼在广阔的大地上。白色的巨龙，可能因为极度亢奋，飞溅的浪花，就像呼啸而过的列车轰鸣着，来势凶猛，无法阻挡。

于是，所有的田地便在巨龙的淫威下而藏身水底。蒸腾的水雾，抛洒在天空，丹江涨水了，这个字眼，就像烙印，死死地钉在了丹江人的心底。我特别惧怕这个字眼，却又年年经历着这个词汇。泪水和着汗水，撑着小船的我们就像汪洋上的一叶轻舟，随时都有覆舟的可能。赖以生存的庄稼颗粒无收，捞芝麻，捞红薯，掰苞谷，是心中一道难以抹去的记忆。

当白色巨龙舞累了乖乖回到湖底休息的时候，我们的口粮也随之而来了。夕阳映红天边，晚霞放射出灿烂光芒的那一刻，撒网的渔船便悠然出海了，那带着希望的渔网被乡亲们投到河面上。此时的丹江水库，完全抛弃了凶猛的一面，平静得像一面闺阁的瑶镜，找不出一丝波纹，更像母亲的娴雅从容、和蔼安静、柔情满怀。她用纤纤玉手细腻地抚摸着被她破坏的庄稼，洒下一滴滴清泪，滴落在暮色中的枝头上、庄园里。

当晨曦的第一缕阳光羞答答、娇滴滴地照射着低矮的土坯房子的时候，没有油水的铁锅里已经漂着泛白的清鱼汤。母亲的花格子围裙在灶火的映衬下更加漂亮了。鲜嫩的鱼肉养活了一个个面黄肌瘦的娃娃。我们喝着清淡的鱼汤，啃着红薯面馒头，在故乡日渐衰老的土坯房子里憧憬着美好的未来。让我们贫穷的也养育着我们的母亲般的丹江水库，却始终坚守在一个地方，没有改变。

很多年后的今天，一库清水向北流，丹江成了文人墨客笔下的故事。他们开始用文字深层挖掘那个地方，他们力求用最美好的文字铸造精神魂魄，把丹江的风采展现给世人。

早在丹江大坝初建成时，河南省文物考古研究所在距离丹阳古城东南十余公里处，挖掘了一座被当地人称为"龙城"的楚国古城遗址。

"龙城"城墙为夯土，宽八米，最高处三米三，夯土内含有西周、东周时期的陶片。河南省文物考古研究所推断，"龙城"建设于西周晚期或者东周时期，毁于汉代，而在丹阳古城东西二十公里范围内的丹江河两岸，挖掘出了两千余座楚国贵族墓群，出土文物数以万计，时间涉及楚国早期、中期和晚期。如今河南省博物馆存放的楚国文物多数均来自淅川，国家博物院的"王子午"鼎也出自淅川。

古都丹阳，今日淅川的兴衰，均与水有关。古时候，是因为与楚国毗邻的秦国也把目光投向了淅水—丹江—汉江—长江这条战略大动脉，发动了一场旷古烁今的战役"秦楚大战"。

《史记·韩世家》载："韩宣惠王二十一年，秦、楚大战于丹淅之汇，败楚将屈丐，斩首八万于丹阳。"公元前299年，秦昭王发兵出武关，沿丹江而下，再与楚军大战于丹淅之地，大败楚军，斩首五万，丹淅之地尽归于秦。

楚人从丹阳出发，走向了江汉，走到了长江。丹阳，这座承载着楚国文明的古都，由水而兴，因水而衰。"诚既勇兮又以武，终刚强兮不可凌。身既死兮神以灵，子魂魄兮为鬼雄。"战国末年，当楚国诗人屈原登岵山以《国殇》凭吊丹阳之战死难的楚国将士时，丹阳城剩下的只有残垣废墟，辉煌的楚都从此渐渐沉寂于滔滔的丹水之中。

千百年后的今天，丹江人民响应政府的号召，再次集体启动了，数十万丹江人，舍小家顾大家，做出了巨大的牺牲，一切服从于南水北调工程，以一种"壮士一去不复返"的大无畏精神，开创了中国一个县级移民最多、规模最大的历史先河。在浩瀚的丹江水库上，一座南水北调枢纽工程——丹江口大坝昂首屹立起来。一座巍巍大坝，一个旷世传奇！

如今，我经常伫立于丹江岸边，仰望脚下的丹江水，那一汪蓝莹莹的色彩，像一幅画荡漾在心头。那一望无际的辽阔，是一种满足，是一种自豪。因为这是一座寄托希望的水库，寄托中华千秋业绩万代不衰的水源。它汩汩北上，为首都送去了甘甜，也送去了古老的文明和传承。

悠悠绵长的丹江水，是我心里难以割舍的情结。我知道，不管我身在何方，脑海里回荡的，永远是蔚蓝的天空上那漂浮着的白云，那一片碧绿的青草地，还有那潺潺流动的清澈的丹江水。

「 窗口开一朵幸福的花 」

一本书《悬在窗口的幸福》，自遥远的江南翩然而至，眉目含笑，欢欢喜喜，带着温暖，带着浪漫，带着优雅，落在北国的冰天雪地中。与飞舞的雪花结伴，让长长的冬季，少了寂寞，多了温存。

依然月牙，从江南的青石巷款款而来，拖地长裙，镶嵌精美的刺绣，把一份婉约和经典，寄存在窗口的幸福之上。精致的女子，写精致的书。

倚着篱笆，来种花。她把风绑在翅膀上，让所有走过的地方都留下痕迹。所有遇见的人，都存入心底。《风过留痕》中，她写童年的友，博客的友，或见过，或从没见过，但是，因了心里有爱，所有的日子都是温暖。

光阴里的美好，一再升温，便形成炙热，这份浓重的情谊，在日常生活中开成细碎的花，每一朵都清香，沁人心脾。她把大时光中的小日子，过得优雅缱绻、温馨浪漫。也只有她了，读尽诗书的女子，才能把一份平常人家的烟火，写出画一般的翩然。

她的文字，细腻，温暖，把小生活、小日子打扮得玲珑滴翠。每一个字，都带着叮叮咚咚的声音，像音乐装进了心海，读了，心生感慨。蓝汪汪的天，白闪闪的云，鸟鸣清脆，清风花香，万事万物，都是她眼中的风景，都是她笔下的幸福。

　　她写《云想衣裳花想容》，绸缎、棉麻、真丝，不同款式，不同裁剪，不同颜色，各色衣裳装扮的女子，恰如春天的花，或华美、或端庄、或素雅、或姹紫嫣红、或婷婷绰约，让人打心底里爱不够……文字里，一位古典的江南女子，满面矜持，低头娇羞。我以为，她就是那个写字的女子，一本书，一树花，她身在其中，醉了风，醉了云，醉了落地的缤纷……

　　面朝大海，春暖花开。所有尘世的饮食男女，大抵都爱极了这样的日子。她也是，她把心儿悬在窗口上，读花鸟，读植物，读走在窗口下的行人，微笑，沉吟，小窗一扇，满屋清香……

　　她把春天的芬芳编织成了花篮，悬挂在窗口上，日日看，日日写，写一本书，书里边便盛满了岁月。她把诗和远方挂在树梢，只看美好不提愁，让内心和文字相互交融，触动灵魂，心就得到了皈依。她说一个人的朝拜，一个人的诗，诗不一定在远方。缺的，只是一颗安宁、干净的心。

　　她的每一篇文章、每一段文字，都是细碎的叮咛，读来后，内心无端地平静。一切浮躁和喧嚣，都被堵在了心门之外。那些字，像是长了腿的精灵，来来回回洗涤着内心的抑郁和忧愁。

　　《当下的好》里她写"当挫折、烦躁、苦痛突兀的荆棘交错而生，是抱怨，自怨自艾，还是心平气和的从容、淡然、坦然待之？"又说"即便深处绝境，依然不忘初心怀希望。"她在不断的对比中、对白中，把珍惜当下写得淋漓尽致，让身处红尘的男女，在思考中理性面对生活的挫折。正确树立人生态度，把一份勇敢和执着放在心头，这世上便没有过不去的坎儿。

　　让人欢喜，让人不舍。她把亲情融化成一团暖，握在手心珍藏。《陪着母亲说说话》，轻轻地，把装在心底的细碎悄悄话，告诉母亲，和母亲唠唠嗑，说说日子的柴米油盐，说说花，说说草，说说一切一切的小欢喜。"家，永远的港湾，家，世上最亲的人。与家人在一起的日子，是如玉一般的光阴。"

她和母亲一起去上香，一起去庙里许个愿，把心头牵挂和欢喜一一诉说。这样的文字，很真，很诚，很踏实。对，我读到了踏实，读到了安宁和祥和。

因了这些字，记住了每一个对你好的人。贤淑的女子，她记住了很多人，认识的，或不认识的。她把美好长在心尖，开出一朵朵幸福的花。《姐姐大我七岁》中她不停地重复，姐姐大我七岁，大七岁的姐姐，扛起人生所有的艰辛，把一家人的生活安排得妥妥当当。大七岁的姐姐，是姐姐，也似母亲。姐姐在心里是谁也不能替代的，姐姐的爱扎根在心底。浓郁的亲情，在光阴中越来越沉，系着爱的日子越来越暖。

她煮文，煮字，煮生活。用素笔，宣纸，把人生详细地阐述，那些故事，如歌似诗，且吟且唱，犹如清泉在耳边，犹如画卷在眼前，犹如禅音缠绕在灵魂……

素心一捧，踏浪来。乡间的花草，一株株开得曼妙，她赏花，把花儿写在纸上，存在心里，捂着。她说春天不会辜负每一朵花的努力。那些开的花，那些如花的人，有诗人，有寻常百姓，有街头卖饼的人，她欣赏他们每一个善良的举动，每一个让人感动的瞬间。她说"这些琐碎的好，如和风，似细雨，将生活的褶皱一点点抚慰。他们是春天里每一朵努力的花，在陌巷，在桥头，在拐角之间，摇曳、芬芳、细碎、温暖……"

很多，很多，那个名叫"依然月牙"的江南女子，心里存储了太多、太多的美好。那些美好，就像春天的繁花一般，数不清楚。那些美好，她一一收集，精装成册，悬挂在幸福的窗口上……

「 绽放如花的女子 」

把书签慎重地藏起来，搁在内心的最深处。然后，翻开一页页书稿，追寻一个女子的足迹，清涵，她亭亭玉立，一直站在那里，如花般清秀，如花般缱绻，傲然绽放，美丽如斯，优雅如斯！

《所有美好，终将如花绽放》，极美的书名。看一眼，再看一眼，淡蓝色的封面，一株花，落一只翩翩起舞的蝶，生活便覆一层暖，那朵花，那只蝶，蝶恋花。心，莫名悸动，似乎了然些什么！

如果说每个女孩都是降落人间的天使，我认为，她是住在花丛的天使，每天数着花瓣，端坐花蕊，把小日子打扮得温馨浪漫。《每个女子心里都有一朵桃花》这篇文里，她写"没有一种花像它这样肆意，像它这样粉。爱上一个人，心一定是肆意的，也一定是粉的"。

作者写花，写人，写《诗经》里的爱情，写人间的四月天，写《红楼梦》里的意境，用优美的古诗词，不断加强花的美好。于是，在她的文章里，我读到了花与人的结合，组成人生圆满的花事。

"'厮守'两个字，是缠绵，是相伴，是夕阳泊在天宇的静怡，是星宿停在暗夜的璀璨，更是锅碗瓢盆的磕磕绊绊，不离不弃。"

我想，如果不是作者悟透生活的真谛，怎能绽放如此契合灵魂的文字。一两句，只要一两句，便把行走人生的哲理诠释。是智慧，是贤淑，还是玲珑。我以为，是暗香，是源自心灵的洁净，因了纯洁，一切坦然，无欲无念，把小日子中的暗香溢出，生活便极尽饱满。

烟雨红尘中，作者用一双明亮的眸子，观察人生、参悟人性、描述生活，一支笔，千张纸，把时光剥开，沿着日子这条河流，缓缓向前。摘取一缕，再摘取一缕，生活就有了别样的风采。如花般艳丽，如雨般纤柔。而她，巧笑倩兮，把最美的自己展示，在无数个月亮开花的夜晚，且诗且吟。

每个女子心里都有一朵花，开是迟早的事。《百年好合笑相依》，在作者曼妙的花事中，她"把百合花插进瓶里，满满的，瓶子都差点撑不住了。绽放的百合，黄色的花，黄色的苞，绿色的叶子，黄是淡黄，绿色苍绿"。静美的文字，像音符一般落在心海，每条神经都享受着安宁和瑞丽。我一直在寻思，一个女子，该有多深的底蕴，才能把文章写得如此缱绻，如此剔透。

沉思很久，我想到是墨香，是的，只有喝足了墨香的女子，才能把生活注入怒放的花朵之中。让每一朵花都绽放，让每一朵花都揽进春色。不然怎么想建一座木屋在山上呢？自古多才的女子，都偏爱僻静和素雅。也只有在山上建一座木屋，才能满足门前有条溪，屋后开满花，顶着薄雾写诗的愿望。

"细雨烹老茶，微风翻古书。"是老树画里的意境。作者把自己放在这样的意境里，着长裙，穿布鞋，捧一卷诗书，听风吟歌，闻花草清香，灵魂不再漂泊，现世安稳。骨子里，盛满尘世的美好。也只有她了，热爱生活的女子，才能"采菊东篱下，悠然见南山"。

《老歌》中作者写"老歌是桥，光阴是水，他们是分割不开的"。在听老歌的过程中，追忆似水年华，那些年的那些事，一一拢进文章，不仅暖了字，也暖了人，更是暖了心。喜欢读这样带着甜蜜时光的字，像划过心海的乐章，掀起无数涟漪，把青春的细节一再呈现。

每个人的生命里，都含着亲情、友情、爱情，所有感动自己的每一个片段，都能成为经典和不朽。而生活，正是由无数个这样的故事组成，累积成作者抒之不完、听之不尽的老歌。

《爷爷用烧酒腌制寂寞》中写道"酒壶，白色的，漏斗嘴，像一个小花瓶。清香藏不住，向着屋子里扩散，它跑到爷爷鼻子底下，爷爷使劲地吸一口，然后长长地吐了一口气。爷爷斟了一樽，把酒樽贴到嘴边，嗞嗞－嗞嗞……"读这样的字，感觉爷爷似乎就在眼前，抿着酒的样子。

最灵动的文字，就是把人物写活了，看一眼，再难忘记。人家说散文的魅力是形散神不散。这样的文章便是，神韵其中，让人不忍舍弃。爷爷喝的是酒，品的是寂寞。人生大舞台，苦辣酸甜皆存在。

我读书，读花，也读人。那个名叫"清涵"的女子。她用极其丰富的情感，烘染的花事，衬托红尘的章节。用一颗爱美的心，寻找生活里美妙的风景。用温暖的怀抱，温润朴质的白玉，把所有开花的故事，写书成册，呈现于世。

「 禅悟（外一篇） 」

丹江湖畔，淅川县城，东南五公里之处有一座寺院，人称"圣水寺"。

有关圣水寺的来源和传说不少，最为真切的让人信服的是因为寺院旁边有两股泉眼。这两泉称为"阴阳"泉。阳泉居高，常年缓缓流动，据说，在最为干旱的时候，水流也没有减弱半分。阴泉在阳泉的下方，两泉相距不过三米左右。阴泉为一潭的形状，泉水清澈，一目可见水底，寺院吃饭洗漱用水，均在阴泉取之。

或许因为年轻，也或许因为性格倔强，我对一切信仰都淡若如水。不信也不反对。算是持中立的态度。我也去过不少寺院，看见菩萨和佛祖，也会施礼鞠躬，但是专一地去进香拜佛，还没有做过。

第一次去圣水寺，是因为好奇。听说圣水寺地理位置距离县城比较近，环境优美，便想去看看。带我去寺院的是两位佛家弟子，王峰和侯克勇。在路上，他们便开始给我介绍圣水寺了。那种虔诚，让我刮目相看，从心底里敬重。对佛有些向往了。车还没出县城，王峰下车买了几个大饼，一块豆腐，还有一把小青菜。他笑着对我说，今天你也在寺院吃斋饭吧！我抿嘴一笑，不语。

听到斋饭这两个字，心里还是感到惊奇。在我走过的半生中，从没有在寺院吃过一次饭，知道寺院吃素，称之为斋。但是，这两个字，从一个体魄强健的男子嘴里说出，是别样的味道。按照我自己的思维，即便是一心向善的男人，也应该是和"济公"活佛一般，"酒肉穿肠过，佛祖心中留"。

驱车去圣水寺，也就十几分钟的时间。圣水寺地处两山之间，下车上山，大概也需十来分钟的步行。每个人都有习惯，到陌生的地方，喜欢粗略地看看周围的一切。在山下，我环顾了一圈，却发现，延绵起伏的山脉，唯独寺院的地方，植被格外茂盛。绿荫几乎遮挡了寺院，如果不是寺院的红墙翘角，真是看不出来这里藏着一座古刹。而隔壁的山梁和山洼，植被稀稀落落，土壤露在外面的不少。

圣水寺有两重院落。前院为"观音殿"，后院为"释迦牟尼殿"。殿内各尊菩萨俱在。可惜因为没有复建好，寺院还是显得落魄了些。香客也不多，显得更加孤单。听说只有初一、十五的时候，才有附近村子的善男信女上山供佛。我有些不忍，冷落了大慈大悲的观世音菩萨，真是罪过。但仔细回味，佛家本就是清净之修，过滤尘世之喧嚣，如此境界，也应是正常了。

圣水寺只有一位出家人，称释妙基法师。听说我为查资料来的，法师很高兴，喜得不知道说什么好，嘴唇一直哆嗦，说了许久，我几乎没听清他说的是什么。我见过不少大寺院的住持、法师以及和尚，也看过很多电视剧里的得道高僧，印象中和视觉里，法师应该是慈眉善目、白须飘飘、倚杖而行、步伐稳健、铿锵有力的。

可眼前的释妙基法师，个子不高，五十多岁，略显胖，眼睛不大，嘴唇厚，乍一眼看上去，粗墩墩的。虽然也穿着僧袍，土黄色的。但我仍产生一种不好的感觉，这个法师不像个法师，倒像个种地的粗人。也许法师看透了我的困惑，他领我到前殿和后殿，还把剃度官文拿出来给我看，而且一一地给我介绍，一个个官方证件，一个个得道高僧的授予。我忽然羞愧了，尘世里沉沦，竟然蒙蔽了自己的眼睛。常言道：佛渡有缘人。法师的佛心，像我这样的凡俗之人怎能一下子领悟透彻呢？

观音殿，点燃了香，看着焚香在观音殿缭绕。我跪在蒲团上，双手合十，默默地叨念着心愿。希望大慈大悲的观世音菩萨保佑我的父母家人身体安康，保佑我爱的人和爱我的人身体安康。我虔诚地磕头，头落下去，释妙基法师便敲一下佛前的瓮。咣咣的瓮声悠远绵长，在山间回荡。我的心出奇地平静。抬眼，正对观音慈祥的眉眼，低头，看到佛前的香案。灵魂莫名湿润。第一次感到佛就在我心里。

首次吃斋，多多少少带着新奇。做饭的是上山的居士。她唤吃斋了。我就迫不及待地跑去厨房，"斋堂"是一间偏房，才建的房子，在寺院的边上，紧靠"阴泉"。可能因为资金紧缺吧，尚未安窗子，大通气的。初春，尚有些冷。一张四方桌子，四边摆着小板凳，桌子上摆着出城时王峰买的大饼。另外还有三碗菜，豆腐稍微煎过了，有点煳。小白菜很清淡，几乎看不见油星。释妙基法师不停地招呼我："吃菜，吃菜。寺里没啥好吃的，委屈你了。"

我笑笑，不知道说什么。王峰和侯克勇一直说我，这次上山，就是结了佛缘。法师说我，你为寺里写文章，查资料，功德无量，阿弥陀佛！

我沉默无语，心头荡起涟漪。法师又说，圣水寺已经有一千多年的历史了。我点头，说是。去圣水寺的时候，已经听王峰介绍，说圣水寺自唐始建，历经烽火战乱，几度风霜雪雨，是淅川古老的寺院之一，有许多文人墨客为寺院写过诗词。

明嘉靖年间著名诗人李蓘游圣水寺时作："沓嶂簇霄间，灵泉下碧湾。我来共君望，秋雨遍空山。丹水行可泛，白崖高莫扳。坐思生羽翼，飘缥出人寰。”

圣水寺历经数个朝代，或因天灾，或因兵燹，屡废屡建。元至元初，香火兴盛。元末战乱，寺毁僧散。到了“文化大革命”期间，更是遭到史无前例的破坏。如今，残留的几块碑碣，也是字迹模糊，斑斑驳壁，什么也看不清，残缺的只读到只字片语。

这便像是戳到了痛处。面对历史的沧海，先祖的遗留，束手无策。青山无语，佛音续续传来，一切都在尘世之外，我竭力地靠近，力求达成心愿，愿我佛发扬光大，愿圣水寺香火鼎盛，愿众生一切安好。

寺院下方，翠竹欲滴，茵茵一片，曲径通幽。进出寺院，必经通幽之处，走之，心宽，站之，心静，祥和之态，使我安然。离开寺院的时候，红彤彤的太阳刚偏西，一片红光斜照在寺院。我想到“佛光普照”四个字。释妙基法师一再嘱咐，常回寺里。他说阿弥陀佛的时候，我也双手合十，回敬他阿弥陀佛！

阿弥陀佛，说完这句，仰望寺院，真有沐浴之后的感觉。佛、禅、悟，我在想这些！

寺水

一泓水，涓涓流动于青山之间，静静的，缓缓的，与世无争。

春来花开，寺水和往常一样欢快，只是在它清澈的眉面上，多了几多嬉戏的笑声。第一次结识寺水的时候，便不由自主地喜欢了。这水，这景，这景中之景的禅理，佛的悟，尘世上的尘。一并在心里生长。

寺水很浅，自远方缓缓流来，我没有刻意地去追寻它的来源，只看到它一路而下，快乐地注入淅川鹳河，最后和鹳河一起汇入丹江。丹江——亚洲第一大人工淡水库，我的心，在这里总会悠然而悸，痛了一下。

丹江，总也是由点滴汇集，终究成就大业，穿越迢迢三千里，北上，赶赴一场时代的潮流。为华北儿女奉献甘露。这甘甜、液露，也有寺水默默分融。也许很多人不知道。我想，知不知道有什么关系呢，寺水本就无声无息，从来没有想过要和谁争名争利，它所想要的，就是以一己之力，普度众生而已。

于是，它日夜不停，自顾自地流淌着，生生不息。

我猜测它之所以叫"寺水"可能是因为在"圣水寺"寺院的下方。依托了寺院的缘故，或者是旁人实在不知道这条小溪流该叫什么名字。便根据它的地理位置，称之为"寺水"。

有关于"圣水寺"的资料不多。据咸丰志载：前元之际，县城，指的是淅川老县城，北六十里处，有一殿宇，曰圣水寺。因几经战火，颓废不堪。后又发现一尊遭破坏的佛尊，在石佛座后赫然刻着一行汉隶，上书"元至正二年四月造"几个字。从这些仅有的片语里，我们或可追寻一些历史的痕迹。"圣水寺"已有几百年的历史了。

"圣水寺"寺院几百年，那么寺水也许已流动了千年。甚至更久。千年里，它与青山做伴，聆听佛音，看几度花开花谢，经烽烟战火洗礼。它在历史中，一刻也没有增大，依旧这么弱弱地流动着，像一条小龙，灵思涌动，虔诚地守护一座古刹，守护佛法，守护万万千千的众生。

寺水一旁，便是高大的山。葱葱郁郁的植被丛中，时不时点缀一点色彩。刺玫卑贱，荒山野岭也能盎然生长，更何况在圣水寺这一方灵光之地。白色的、红色的、淡红色的、浅紫色的刺玫花玲珑有致，一股脑地争着燃烧。在季节的阳光里，开得精神。更多的野花野草也不甘寂寞，丝丝缕缕的馨香，齐齐整整地钻进心房......

　　我轻轻地抚摸寺水，撩起水花，四散溅去，一朵朵晶莹剔透的梦想，一朵朵岁月的花在山涧逐浪。空山灵寂，听不到鸡啼犬吠。蛙声虫鸣淡化了市井的喧嚣，乡土的底色温润心扉。心灵的欲望被淡出世外，情感的荒漠赫然静怡。无论是身体还是心理都处在一种静澈之中，尘世的物欲横流在这里荡然无存，一种坦然在心灵滋生。野草和泥土的气息淡弱烟云，剔除过往的纠结、苦楚，然后融化，潜入骨子，像血液一样在脉管里移动。

　　佛曰：笑着面对，不去埋怨。悠然、随心、随性、随缘。注定让一生改变的，只在百年后，那一朵花开的时间。

　　我迎风而立，望着两山之间的翘脚屋檐，听梵音阵阵。眼前的雾霭散去，心境豁然开朗，山中村舍明丽，田野纵横，山川河流镜子一般。呵，一切都如新生！我亦新生。

「 沿着黄昏的街道回家 」

一

村口那棵并不葳蕤的柳树，孤独且艰难地伫立，乡村处于一种静寂状态。秋风，秋雨，相继而来，扑倒在季节的怀抱之中。

多双疲惫的脚印，踩着泥土，穿行在或暗或明的光阴里，与风擦肩，流浪得毫无风度。只有海鸟，稳稳地占据一方位置，不死不休。

我一个人独自离开故乡，不做挥别，双手毫无规律地搭在肢体上，做一种支撑。耳旁有清脆的鸟叫，似乎又不是，我极其不愿意回首，又不得不回首，夕阳下的碧波，荡漾着让人愤怒的金色，晃得刺眼。

我第一次明白，把信念挂得太高，摔下来的时候，更疼。

二

时光以两种状态出现。白天，黑夜。

白天，睡觉。晚上，醒着。生物钟颠倒得无所适从。阳光偷偷摸摸从窗帘的缝隙照射，把背向的幽暗捉弄。我在光年里起起伏伏，凭借一种苍茫，感怀信仰。

实际上，我是信佛的，佛没有感应到我的虔诚，低落，便日日存在，蒙蔽尘心。

停滞不进，十年，二十年，还是三十年……

一丝秋风，一念秋雨，冬又至，突然发现不能不走，脚步已经叛离身心，机械并规矩地走，一直在路上。

我想，或许，下一个路口是阳光居住的地方，额头有圣光普照，诗意喷涌，才情勃发。一朵花顺势而开，开出夜的白。

三

悠长的巷子把岁月的影子拉长。青苔窝在墙角，瞅着一道寂寞。

几道疏散的人影，混迹于巷子，咳声，有回音，颤抖且有力度。远方有呼唤，远方在地平线以外。

街头的灯昏黄，我沿着桂花的清香，一路朝前。这期间，有三个老头，五个老太太，相继越过，健步而去。

孩童的嬉戏，似音乐穿透苍穹。

我走过的地方，落下两片红叶，它们从春天启程，停止在霜冻。

雨，落下，打湿了额头的青丝。眼睛里飘过一段回忆，那时候，你低着头，看青春遗落的信笺，飘飞在红尘。

窗子里的灯惨白，最后的心辉消失。无限的思念和惆怅，沿着街道，迎着秋风，大摇大摆地回家了……